特別扱い

ペニー・ジョーダン
小林町子 訳

ハーレクイン
SP文庫

SPECIAL TREATMENT

by Penny Jordan

Published by Harlequin Japan,
a Division of K.K. HarperCollins Japan, 2025

ペニー・ジョーダン

1946年にイギリスのランカシャーに生まれ、10代で引っ越したチェシャーに生涯暮らした。学校を卒業して銀行に勤めていた頃に夫からタイプライターを贈られ、執筆をスタート。以前から大ファンだったハーレクインに原稿を送ったところ、1作目にして編集者の目に留まり、デビューが決まったという天性の作家だった。2011年12月、がんのため65歳の若さで生涯を閉じる。晩年は病にあっても果敢に執筆を続け、同年10月に書き上げた『純愛の城』が遺作となった。

◆主要登場人物

スザンナ・ハーグリーヴス……編集部員。
エミリー……スザンナの大伯母。
デヴィッド……スザンナの元恋人。
マミー・サンダーランド……スザンナの名付け親。
リチャード……スザンナの元上司。
カロライン……リチャードの妻。
ハザード・メイン……編集長。
エマ・キング……作家。

1

　通達およびお説教が終わった。スザンナは多少よろよろしながら立ち上がり、足早に廊下へ出た。自分の席があるこぢんまりして居心地のいい部屋に早く戻りたい。

　歯を食いしばっていたためにあごが痛くなり、頭痛までしてきた。何かあれば真っ先に反応を示す神経は、すでに異常なほどぴりぴりしている。

「新しいワンマン編集長にだいぶしごかれてたわね。どうして?」背後から間延びした女の声が聞こえた。

　困った！　物見高いクレア・ハンターの質問攻めにあうなんて最悪だ。

　クレアはこの出版社創立当時からの社員で、仕事に関しては右に出る者がない。彼女の得意とするところは、切れる頭で上流社会の浮いた噂《うわさ》やスキャンダルを鋭く突くことである。そして、自分の能力を認めない人には災いが起きて当然だと考えている。

　あいにく、新編集長のハザード・メインは彼女の腕を買わなかった。そして、そのつけがスザンナに回ってきたのだ。だが、今さら文句を言っても始まらない。スザンナは肩をすくめ、さりげなくクレアの質問をかわした。「さあ……新任者シンドロームっていうんじゃないかしら？　新しく上司になった人って、何か言いたがるでしょう？　たまたまわたしが最初の見本になっただけ。最後に入った者は一番前の列に座らされるってことね」

クレアはその返事を聞いて満足したらしい。スザンナはほっとして後ろ手にドアを閉めた。憎らしいハザード・メイン。ハザード・メイン！　そもそもなんという名前だろう！　ハザードとは危険という意味ではないか。彼はきっとアメリカ人に違いない。その変な名前もさんざん聞かされたので、自分の名前のように聞き慣れてしまった。彼はニューヨークとシドニーで仕事をしていたが、ごく最近イギリスに呼ばれて雑誌〈トモロウ〉の編集長に任命されたのだ。〈トモロウ〉といえば、マクファーレン出版社の看板雑誌である。

スザンナには、彼とうまくいかないのはわかっていた。土曜日にあんな出会い方をしたのだから……。

スザンナは一瞬目を閉じた。もうもめごとはたくさん！　このうえいやな思いはしたくない。新しい編集長と衝突ばかりするようだったらどうしよう？　リチャードとはあんなにうまくいっていたのに。リチャード――いつもわたしを励まし、力を貸してくれたリチャード……。

リチャードが編集長の椅子に戻ってくれたらどんなにいいか。でも、それはむなしい望みにすぎない。彼の妻、すなわちトム・マクファーレンの一人娘が、忙しい雑誌の仕事をやめてくれと彼に要求したのだ。リチャードとしては、妻を失いたくなければ義理の父親の下で役員として働かざるを得なかった。

エミリー伯母の言うとおり、わたしのこの赤みを帯びた派手な栗《くり》色の髪が人目を引くからいけないのだろう。クレア・ハンターみたいに、常に冷淡にかまえていればいいのかもしれない。けれどつい心を許し、自分が苦しむ結果になってしまう。

この前の土曜日もそうだった。スザンナはおさまりの悪い巻き毛を細い指でかき上げた。あの最悪の日！　思い出してもぞっとする。

何もかもデヴィッドが悪いのだ。スザンナはタイプライターをにらみつけた。

デヴィッド・マーティンとかかわり合ってしまったなんて、本当に愚かなことだった。男にだまされた女性の話はよく聞くが、自分もその一人だと思うとよけいたまらない。

奥さんのいる人を好きになったなんて、話にもならないわ。憤りが込み上げてくるにつれ、はしばみ色のスザンナの目が緑色に光る。けれど、知らなかったのだから仕方がない。

初めて彼に会ったのは、ラジオの対談番組のときだった。当時デヴィッドは地方のテレビ局に勤めており、スザンナは新聞社で働いていた。ともにマスコミの仕事をしているので当然話が合った。番組が終わって彼から食事に誘われたときは、断ることなど思いつきもしなかった。もとより用心深いたちではなく、スザンナはすぐ人を信用してしまう。結局それが災いして、彼が既婚者だと知ったころには手遅れだった。その前に、すでに深みにはまり込んでいたのだ。

事実を教えてくれたのは、長年つき合っている女の友達だった。誰もが知っているのにスザンナだけ知らないらしいと思って、友人は心配になったのである。

そこでさっそくデヴィッドを問いつめたところ、彼は体裁悪そうにだましていたことを白状した。ただし、最初からだますつもりではなかったのだと言った。「初めは、そんなことどうでもいいと思っていたんだよ。そのうち、事実を知ったらきみは逃げていくんじゃないかと怖くなって……」

感情と道徳観の板ばさみになるのは苦しかった。この道徳観をスザンナに植えつけたのは、育ててくれたエミリー伯母である。両親は、スザンナが一歳にもならないうちに事故で世を去った。嵐《あらし》で父の船が転覆したのだ。伯母といっても、エミリーは父の伯母である。かなりの高齢でずっと独身だ。〝あの伯母さまに育てられたら、一九八〇年代を生きるにふさわしい女の子になるはずがないわ〟一時はそう思って嘆いたものだ。ふつうの女性だったら、道徳的良心などどこかへ押しやって恋に身を任せるだろう。しかし、とうていそんなことはできなかった。デヴィッドは他人の夫なのだ。そこでスザンナは、そろそろわたしも独り立ちすべきだと思うと伯母に告げ、ロンドンへ出て新しい仕事を探したのである。

このままではますます不幸になると気づいただけでも幸いだった。とにかく、そう思ってスザンナは自らの心を慰めた。

八カ月たつと、スザンナはレスターシャー州を出たときとすっかり変わっていた。もはや、人生は生きるに値しないと思っていた二十三歳の女性ではない。

編集長のリチャードは人を見る目があり、有望な若い記者を見つけては立派に育て上げるのが自慢だった。彼のもとで働くことになったのは幸運だったと言うほかはない。スザンナは徐々に自信を取り戻し、再び人生は生きるに値すると思えるようになった。そうしたある日、ひょっこりデヴィッドがロンドンのフラットへやって来た。あれは朝から雨の降っていた涼しい夏の夜だった。

彼がどのようにしてエミリー伯母から住所を聞き出したのかはわからない。その日はいろいろなことがあり、スザンナはひどく疲れていた。まず、人質事件に巻き込まれた女性にインタビューして記事をまとめたところ、リチャードがとてもほめてくれた。そして、ついに都会で一人前に仕事をこなせるようになった証《あかし》であるかのように、先輩の女性社員二人が昼食に誘ってくれた。彼女たちはスザンナより年上で、はるかに実績もあり世慣れている。仲間として対等に扱われるのは大変名誉なことだった。

「あなたはこれから伸びていく人だと思うの」先輩二人は言った。「わたしたち女性はお互いに助け合わなくちゃいけないわ。そろそろ旧式な男社会を打ち破るときよ」

昼食を終えるとすっかり体力を使いはたしたような気がしたが、同時にファイト満々だった。それで心が決まった。今後は仕事に生きよう。独身既婚者にかかわらず、男性はいっさいお断りだ。

そうした心境で帰ってきたとき、フラットの入口にデヴィッドが立っていたのである。しかも情けないことに、以前と同様、スザンナの心は揺れ動いた。

彼は中へ入れてくれとしつこく迫った。「ルイーズとは別れた。すぐにでもきみと新しい生活を始められるんだ」

誘惑を感じなかったと言ったら嘘《うそ》になる。正直なところ、デヴィッドと一夜をともにしたかった。それを思いとどまらせたのは、エミリー伯母の存在である。彼と深い関係に陥ったら伯母はなんと思うだろう？　今どきヴィクトリア時代の道徳観念にとらわれるなんてばかげている。しかし、気になるものはどうしようもない。エミリー伯母のしつけはかくも見事だったのだ。十代のころスザンナは、本気で愛し合っていれば婚前交渉もかまわないではないかと思っていた。だが、いざその場にいたってみると、そう簡単にはいかなかった。

「何を言いたいんだ？」デヴィッドはあきれ顔でつめ寄った。「結婚するまで許せないって言うのか？」

妙に古くさく聞こえる。まるでわたしが結婚指輪と体を引き換えにしたがっているみたいだ。

「そうじゃないわ。まだ決心がついていないだけよ。うまく説明できないけど……」

涙がこぼれそうになり、スザンナは首を振ってしきりとまばたきした。ほっとしたことに、デヴィッドはそれ以上迫ろうとはせず、笑ってスザンナを抱き寄せた。

「きみは相当なぺてん師だぞ。女性解放と女権拡張の旗手スザンナ・ハーグリーヴス女史が、意気地なしの生娘だなんて誰が信じる？」

あのときは、安心したために子供扱いされても怒る気にならなかった。今は、彼のものほしそうな目を思い出すと寒気がする。いったいデヴィッドはどの程度純粋な気持があってわたしに言い寄ったのだろう？　単に口説き落としてみたかっただけではないだろうか？

今となってはどちらでもいい。デヴィッドとは、結局きっぱりと別れたのだから。

フラットにはデヴィッドを泊められる部屋がなかった。小さな寝室が一つあるだけなのだ。したがって、その夜彼はレスターへ帰っていった。週末にまた来るから今度はゆっくり二人の将来について話し合おう、と彼は言った。

ところが、デヴィッドより先に別の人物がやって来た。彼の妻である。顔に見覚えがあったので、すぐに彼女だとわかった。いつもいらいらしているような、小柄のブロンド女性だ。

さらにショックだったのは、ルイーズが大きなおなかをしていたことである。スザンナは言葉もなく彼女を居間に通し、椅子をすすめた。するとルイーズは抑揚のない声で告げた。「デヴィッドは離婚したがっているわ。わたしとおなかの子を捨てようとしてるのよ」

最初は何もかも信じられなかった。デヴィッドの奥さんが妊娠……彼の子供を宿している？ 情愛のない夫婦に子供ができるはずはない。いくらうぶだといってもそのくらいは知っていた。理由はいろいろあるにせよ、なんらかの情愛をかきたてられるからこそ男性は愛の行為に及ぶのだ。おなかの大きさから推して、ルイーズが子供をみごもったのはスザンナがまだレスターにいるころだろう。それなのに、デヴィッドは奥さんとはうまくいっていないふりをした。そのうえ今度は、彼女と子供に背を向けて歩み去ろうとしているのだ。いくらデヴィッドが好きでも、もうつき合ってはいられない。

ルイーズの青白いむくんだ顔を見ていると、哀れむべきは誰なのか、軽蔑《けいべつ》すべきは誰なのか、わからなくなった。デヴィッドにすがるしかなく、こうして彼を返してくれと頼みに来ているルイーズ。女にだらしがないうえに、妻子を捨てようとしているひきょうなデヴィッド。彼がそんな男だとはつゆ知らず、魅力的な笑顔にだまされていたわたし。でも、これではっきり目が覚めた。かつてエミリー伯母に〝なぜ結婚しなかったの？〟とたずねたとき、伯母は尊敬でき、そして信頼できるような人にめぐり合わなかったからだと答えた。ティーンエイジャーの例にもれず、当時は伯母の言うことが理解できなくて、スザンナは笑ってしまった。今になればよくわかる。わたしはデヴィッドを愛していたとはいえ、尊敬はしていなかったのだ。彼に頼ろうと思ったこともなければ、信頼を寄せたこともなかった。

話し合ったときのデヴィッドの姿は、いまだに鮮やかに胸に焼きついている。彼は涙を流して許しを乞《こ》い、満たされない気持を訴えた。しかし、スザンナは同情心を抑えてきっぱりとはねつけた。彼に妻のもとへ帰る気があるのかどうかはわからなかったが、おそらくもとのさやにおさまったのだろう。ルイーズもかわいそうに。デヴィッドとともに生きる人生なんて、幸せなはずがない。

わたしのとった道は間違っていなかったわ。危ういところで難をまぬがれたのよ。だが、やはり失った愛を思えば胸が痛み、涙がこぼれる。

土曜日にサンダーランド家のパーティーに行ったときは、ちょうどそうしたみじめな気持に陥っていた。

サンダーランド夫妻はスザンナの名付け親で、最も親しい知り合いだと言っていい。ニール・サンダーランドは、スザンナの父親の学校友達だった。子供のころ、スザンナはよく彼らの家で休暇を過ごしたり、一緒に外国へ出かけたりしたものだ。夫婦には二人の息子がいるが、それぞれ結婚してカナダとオーストラリアに移住してしまった。寂しいだろうと思う気持もあって、スザンナはできるだけまめにニールとマミーを訪れている。

ニールは金融会社の社長をしていたが今年の初めに退職し、ロンドンの家を手放してグロスター近郊の小さな村に引っ越した。スザンナは夏の間に何回か訪ねていた。土曜日のパーティーというのは、六十歳を迎えたマミーの誕生祝いである。いかに落ち込んでいようと出かけなくてはならなかった。

「ポールとサイモンは家族連れで帰ってくるから、あなたも泊まりなさい」とマミーは言っていた。家は大きくて大勢の人が泊まれるだけの部屋があり、庭も広い。マミーのパーティーがいかに豪華ですばらしいかは、充分に想像がついた。

マミーはアメリカ人の血を引いているだけに、生活をエンジョイするのが好きである。彼女とエミリー伯母はまるでチョークとチーズのように違う。マミーに育てられた女の子なら、結婚する気のない男性とでもためらわずにベッドをともにするだろう。

スザンナはいらだちを覚えながらのろのろと立ち上がった。男性経験がないのを伯母さまのせいにしてはいけないわ。たちまち冬の日が落ちていくように心が暗くなる。どうして、ときどき急にこうも憂鬱《ゆううつ》になるのだろう？　我ながら腹が立つ。

それに、派手な髪の色にふさわしく怒りっぽい。きっとこれは、白い肌やグリーンに燃える目と同じくケルト人の伝統なのだ。

今日はハザード・メインに攻撃されたので、なおいけない。手で口を隠してあくびをしたのだが、彼に見つかってしまった。まったくどうしてこう運が悪いのだろう！

むろん、彼の話が退屈だったわけではない。その反対だ。自分たちの編集技術をこき下ろされているのに、どうして退屈などしていられよう？　それにしても、彼がお決まりの新任者を演じてみせるのは我慢ならない。リチャードと仕事するのは実に楽しかった。今となっては、わたしはいつまで雑誌の編集をさせてもらえることやら……。どうやら、ハザード・メインには嫌われているらしい。今朝のお説教ぶりから察して、彼は編集スタッフ全員がお気に召さないようだ。なにしろ雑誌を痛烈に非難し、皆のすきをつき、編集部を一新してやるとのたまったのだ。そのうえ、彼の冷たいグレイの目は、ほかの人より長くスザンナの顔を見つめていた。あれは単に気のせいではあるまい。

具合の悪いことに、スザンナはまたあくびをかみ殺す羽目に陥った。今度はハザード・メインも容赦はしなかった。

「この雑誌にたずさわるスタッフは、誰でも仕事第一にしてもらわなくては困る。わかったかい、ハーグリーヴス君？」彼はぴしゃりと言い渡した。「今のきみを見ていると、仕事を変えるか……あるいは恋人を変えるかしたほうがよさそうだね」

スザンナは真っ赤になった。しのび笑いが部屋の中に広がり、男性社員たちは意味ありげな目つきでちらちら見ている。これまで、スザンナはクールで近づきがたい女性として通ってきた。私生活を仕事仲間に公開したこともない。言うなれば品行方正で清潔そのものの人生を送っていると思われていたのだ。それが、ハザード・メインの一言ですっかりくつがえされてしまった。彼の言い方は〝この女のイメージはすべてまやかしにすぎない〟と公言しているようなものだった。しかも、スザンナとしては違いますと反論することもできなかった。

もちろん、彼が個人攻撃をする理由はわかっていた。スザンナはふっくらした唇をきゅっと結んだ。ハザード・メインは百八十五センチはある長身で、鍛えられたたくましい体をしている。けれど、意外に気が小さいのではないだろうか？　彼は土曜日のできごとを人に知られたくないために……。まったくさんざんな土曜日だった！　想像もしなかったことが起こったのだ。とはいえ、想像できないのが当たり前。ニールとマミーは、今や昔と全然違う人々の中で暮らしているのだから。

とにかく、週末は最初から災いにぶつかってしまった。

スザンナは椅子に腰を下ろし、身震いした。

2

肩でフラットのドアを閉め、スザンナは提げていた箱を下ろした。痛む腕を曲げるとほっとする。大急ぎでコーヒーを飲み、着替えをして出発しよう。

あろうことか、マミーは直前になって正式なパーティーだと言ってきた。男性は白ネクタイに燕尾服《えんび》、女性はイブニングドレスでなくてはだめだと言うのだ。体に合うドレスが見つかったのは本当に運がよかった。八号サイズの服はそうどこにでもあるものではないが、スザンナがあわてて電話したレンタル・ショップには、特別に小さいサイズがそろっていた。

スザンナはきわめてプレーンなドレスを選んだ。目立つ格好はしたくなかった。実のところ、誰にも会いたくないくらいだ。だが、行かなければマミーは、どういうわけだとしつこく食い下がるだろう。進歩的で世慣れたマミーに、あの愚かな恋の顛末《てんまつ》を知られたら、ばかにされてしまう。

そもそもマミーとは奇妙なつき合いだった。仲よくなったり反目し合ったりの繰り返しなのだ。スザンナは、マミーの息子たちの奥さんがうらやましいと思うときもある。海を隔てていれば、根掘り葉掘り質問されることもあるまい。それでも、マミーが自分を愛してくれているのはわかっていた。

「びくびくしてちゃだめよ」マミーはいつもけしかける。「人生すべからく、当たって砕けろだわ」

「スザンナはそういうタイプじゃないよ。だいたいイギリス人というのは慎重なんだ」ニールはかばってくれるが、彼のやさしい言葉さえ胸にちくりとくるものがある。

そのちくりが、今や深刻になってきた。わたしがデヴィッドをはねつけたのは道徳観や正義感からだったろうか？　彼のものになるのが怖かったからではないのだろうか？　おそらくその両方からだと思うが、どちらの占める割合が大きいのかわからない。確かにエミリー伯母にはいつも監視されていたから、誰かと特に親しくなることもなかった。だが、はたしてそれが原因しているのだろうか？

自分自身に憤りを感じながら、スザンナはつかつかと寝室に入り、もつれた巻き毛をブラッシングした。それから素早くジーンズとスウェットシャツを脱ぎ、前の週に買ったセパレーツに着替えた。

最初、ピンクと黒の組み合わせは髪の色に合わないような気がした。しかし、着てみるとちっともおかしくない。それどころか、ピンクが女らしい柔らかな雰囲気をかもし出してなかなかいい。ピンクの似合わない人たちが見たら、さぞくやしがることだろう。

ドレス、スーツケース、マミーへのプレゼントをフィエスタのトランクにつめ、スザンナは戸締まりをして警報機をセットした。昼ごろには向こうに着ける。午後はおそらくマミーの手伝いで大わらわだろう。あとは夜のパーティーを切り抜けるだけだ。マミーがデヴィッドのことを知らなくて本当によかった。デヴィッド……今も心のどこかでは……。

なんだって言うの？　意地悪な声が問いかける。奇跡が起こって、デヴィッドが独り身になればいいと思っているんでしょう？　だが、彼は独りではないし、子供を捨てさせることもできない。センチメンタルな気持から言うのではなく、デヴィッドは責任を取るべきだと思うからだ。それに、正直言って妻を裏切った男を愛する気にはなれない。

デヴィッドのことを考えるのはやめましょうよ。スザンナは自分を叱《しか》りつけた。もう、終わったんじゃないの！

しかし、言うは易く行うは難し、だ。目ざといマミーは、わたしの顔を見ただけで何かあったとぴんとくるのではないだろうか？　そうなったらおしまいだ。彼女のしつこい質問をかわせる自信はない。

よし！　何か楽しいことを考えながら行こう。リチャードにほめられたことはどうだろう？　彼はこの前のスザンナの記事を高く評価し、〝きみには才能がある。これからぐんぐん伸びていくだろう〟と言ってくれた。でも、そのリチャードも編集部を去り、ハザード・メインがやって来る。どんな人物なのだろう？　戦場から記事を書き送ってきていたアメリカ人記者というだけで、あとは全然わからない。

彼の履歴書は丁寧に読んだ。スザンナだけではない。彼が編集長になると知って、スタッフ全員が読んだのだ。それによると、年齢はスザンナより十歳上の三十四歳。独身。一瞬意外に思ったが、驚くにはあたらない。従軍記者というのはたいてい結婚していないのだ。その後ニューヨークとシドニーの新聞社で編集長を務め、このたびマクファーレン出版社に移籍が決まった。ポストは一番の売れ行きを示している雑誌〈トモロウ〉の編集長である。

〝旧植民地のいなか者〟とか〝ニューヨークの三文記者〟とか、社内ではいろいろな冗談が飛び交った。だが、誰一人として彼の実像を知らない。ただ、スタッフを生かすも殺すも彼次第、すべて自分の思いどおりにことを運ぶ男だという噂《うわさ》だった。加えて、彼が最初この仕事を断ったという話も伝わってきた。〝ぼくは新聞畑の人間だから雑誌には興味がない。いかに好評でも雑誌は雑誌だ〟と言ったとか……。いや、実際はもっと低俗な言葉を使ったらしい。

仕事上の評判に気圧《けお》された以外、スザンナはハザード・メインに対して何も感じなかった。心の痛手をいやすのが精いっぱいで、何かを感じる余裕などなかったのだ。それでも、リチャードと離れるのは寂しかった。スタッフの中にはリチャードとの関係についてスザンナをひやかす者もいた。しかし、彼を知る人なら本気でそんな想像をするはずがない。彼がわたしに職業的関心しか持ってないのは明らかだ。

リチャードは大変な愛妻家である。情熱を注いできた仕事をあきらめ、好きでもないポストに移っても、妻のカロラインが喜んでくれればいいと言うのだ。

「記者はいい夫になれない、ってカロラインは言うんだ。そのとおりだよ。うちも子供が大きくなって、父親との対話が必要な時期にきている。だが、今のぼくじゃ週末しか相手をしてやれない。このへんで考え直すべきなんだ」

リチャードも古風な環境に育っており、その点からもスザンナは彼に好意と尊敬の念を抱いていた。上司として相談相手として、リチャードにはいつまでもそばにいてほしかった。

ニールとマミーの〝新居〟は十七世紀の領主の邸宅で、石造りの正面にはマリオン仕切りの窓が並んでいる。だが、カーブした狭い庭内路の先にあるので、すぐ前まで行かないと家は見えない。

アメリカ人らしくエネルギーと行動力にあふれるマミーは、すっかりと言っていいくらい内部を改造してしまった。実績も値段も、ともに一流のデザイナーが請け負ったのだが、見ようによってはもとの質素なたたずまいのほうが好ましい。

家の前にはすでに何台か車が止まっており、スザンナは見るからに新しい大型のジャガー・サルーンの隣にフィエスタを止めた。駐車するなら新車の隣に限る。持ち主が慎重にドアを開けるので、塗装に傷をつけられる心配がない。

家に近づくと玄関のドアが開き、マミーが小走りに出てきて抱きついた。柔らかなツイードのスカート、パステルカラーのカシミアのセーター、パールのアクセサリー。すべてが申し分ない調和を見せ、着る人を引き立てている。さすがはマミー！　スザンナは思わず笑いそうになった。

「あなた、やせすぎよ！　顔色も悪いわ。何をしてたの？」マミーはきびきびした口調で話しかけた。

「相変わらず仕事よ。でも、ちっともやせすぎじゃないわ。そもそも自分がやせすぎだなんて思う女の人はいないんじゃない？」

「でも、実際にやせてる人はいるし、あなたはそのやせてる口よ。もっと太ったほうがいいわ」

「ご忠告ありがとう」

シルバーグレイの髪をきれいにセットしたマミーは驚いたような顔をした。上品な眉が動き、額にかすかなしわが寄る。「今日は虫の居所が悪いみたいね。何かいやなことでもあったの？」

しまった！　こうなるのが一番いけないのだ。スザンナは下唇をかんだ。「別に……。

きっと働きすぎだわ。怒ったような口をきいてごめんなさい。このとおり謝るから、家の中を見せてくださる？」

「いいわ。許してあげる」マミーはスザンナの手をとんとんと叩《たた》き、わざと顔をしかめた。「でも、無理しなくていいのよ。インテリアを変えたからって、好きでもないのに見て歩くことはないわ。あなたはもとのままのほうがよかったんでしょう？　ニールと同じね。あの人も手を入れないほうがよかったって言うの。イギリス人て本当に保守的なんだから！」

二人は声をそろえて笑い出した。和やかな空気がよみがえり、スザンナはほっと胸をなで下ろした。マミーは非常に勘の鋭い人だ。それを知らないわけではないのに、うっかりしていた。これからは心の内を見せないように気をつけなくてはいけない。愛情を注いでくれているだけに、事実を話したらマミーもニールも心配するだろう。二人のパーティーを台なしにするようなことがあってはならない。

「ポールとサイモンは来てるの？」

「昨夜来たわ。孫ってとてもかわいいものだけど、正直なところみんな一緒に……」

「なんだい、母さん？　もううんざりした？」声の主は弟のポールだった。彼はニールにそっくりだ。「しばらくだね、赤毛のお嬢ちゃん」ポールはスザンナを抱き締めた。「どうしてるんだい？　ちっとも便りをくれないじゃないか」

「わたしも彼女にそう言ったの」マミーが口をはさむ。

「サラや坊やたちは？」スザンナはポールの腕の中から抜け出した。

「みんな温室にいるよ。行こう。ちょうどエセルがコーヒーをいれているところだ」

エセルはスザンナがサンダーランド家の人たちと知り合う前からこの家で家政婦をしている。ここへ引っ越すと決まったとき、エセルはロンドンに残るとがんばったのだが、結局はマミーに説き伏せられてついてきた。

温室からは広い裏庭が見渡せる。大天幕が張られ、その下は準備をする人たちで蜂《はち》の巣をつついたような騒ぎだ。ケータリング会社から派遣された料理人たちが行ったり来たりし、花屋は最後の飾りつけに余念がない。

スザンナは、サイモンとポールの奥さんたちとはすでに面識があるが、赤ん坊の顔を見るのは初めてだった。それぞれの家で最近生まれたばかりなのだ。したがってつい抱いたりあやしたりしてしまい、ニールに挨拶《あいさつ》するのが後回しになってしまった。

ニールは退職して以来、幸せな日々を送っているらしい。静かな暮らしが合っているのだろう。マミーより温厚な性格でおっとりしているが、彼なりに鋭いところもある。

昼食は打ち解けた雰囲気の中で進み、話もはずんだ。一家がそろうのはほぼ一年ぶりとあって、みんな情報交換に忙しい。スザンナはこれ幸いと聞く側に回り、ときおり適当に言葉をさしはさんだ。

「きみはどうなんだ、スザンナ?」サイモンが問いかけた。「今も雑誌の仕事をしてるのかい?」

「そうよ。編集の仕事って大好き」

どうも我知らず反抗的な言い方をしてしまう。ポールもサイモンもいい人だが、二人とも古くさいところがあってキャリア・ウーマンに関してはやや批判的だからだ。彼らの奥さんは専業主婦という立場に満足している。結婚前、サラはコンサルタント、ベスは売れっ子モデルだった。しかし、仕事にはなんの未練もないようだ。

誰かを愛すると、そんな心境になるものなの? スザンナは心の中でつぶやいた。仕事をしようという意欲もファイトもなくなるなんて、考えられないわ。デヴィッドとうまくいっていたら、わたしもそうなったかしら? 仕事を捨て、家庭一筋に生き、一方デヴィッドは……。

きっと、奥さんを裏切ったようにわたしを裏切るのよ!

不愉快だがそう思わざるを得ない。デヴィッドと別れたのは、いつかは裏切られるという不安があったからだった。つまり、心の底では彼を信用していなかったのだ。

「おい、何をぼんやりしてるんだ?」

サイモンに髪を引っ張られ、スザンナははっと我に返った。

家庭生活らしきものが味わえるのはこの家にいるときだけだ。それなのに、いつの間にか温かい家族の輪から外れてしまう。

誰言うともなく昼食会はお開きになった。マミーは料理人のところへ行き、ニールは電話をかけると言って席を立った。子供たちはぐずり始め、母親たちがそれぞれどこかへ連れていった。ポールとサイモンは何やら話し込んでいる。スザンナは立ち上がり、お皿をまとめた。できることがあれば、台所でエセルを手伝ってあげよう。

一番乗りの客が到着したとき、スザンナは二階の寝室で支度をしていた。夕方散歩に出て、つい帰りが遅くなってしまったのだ。歩いていると気が休まったが、同時に悲しい思い出がよみがえった。どうしてあんなつまらない人が恋しいのだろう? デヴィッドと別れてよかった……そう思っているのに、彼に惹《ひ》かれる気持をどうすることもできない。

そっとため息をつき、スザンナはシャワーでぬれた体をふいた。ドレスはまだ箱に入っている。そういえば、アイロンをかけるのを忘れていた。今ごろ思い出してももう遅い。でも、かまわないではないか。パーティーの主役はマミーなのだ。あのぱっとしないドレスがしわになっていても、誰も気づきはしないだろう。

箱を開けたスザンナはちょっと顔をしかめた。薄紙に青い色が透けて見える。ブルー? 借りたドレスはたしかグレイだったけど……。

出してみて唖然《あぜん》としてしまった。店で選んだドレスとは似ても似つかない。こんな……

こんなドレスを誰が借りるものですか！　見れば見るほど奇抜で、露出オーバーで……挑発的とさえ言っていい。体の線がはっきり出るように作られていて、スカートは三〇年代風にすそだけがぱっと広がっている。

胸もとにギャザーを寄せた青いドレスは、まばゆいばかりに華やかな光沢を放っている。とてもこれを着る勇気はない。とはいえほかに着るものはないし、時間的にももうすでに遅れている。

舌打ちしたい思いで、スザンナは用意した下着を見下ろした。このドレスの下にブラジャーをつけることはできない。じかに着るしかないだろう。

思い切って素肌にドレスを着けてみたが、しばらくは怖くて鏡を見る気になれなかった。やっと目を上げると、まず髪と肌の色にびっくりした。ドレスが濃いブルーなので、栗《くり》色の髪は燃えるように赤く、肌はまぶしいほど白く見える。エミリー伯母が見たらさぞや眉をひそめるだろう。といっても、そう下品なわけではない。ネックラインなどはかなり控えめだ。ただ、ギャザーを寄せた胸から膝の辺りまで、くっきりと体の線が出てしまう。そのうえ、ふわりと開いたすそがなまめかしく揺れ動く。

やっぱりだめ！　こんな格好では出ていけないわ。そう思って脱ごうとしたとき、マミーが入ってきた。

彼女は落ち着いた深紅のドレスをまとい、見るからにきちんとしていて品がいい。スザンナを見て眉を上げた。

「まあ！　すごいドレスじゃないの！」

「お店の人が間違えたのよ」スザンナは小声で言いわけした。「わたしが選んだのは全然違うドレスだったのに！」

意外にも、マミーはくすくす笑い出した。

「なんて顔をしてるの！　大丈夫。とてもよく似合うわよ。色っぽくて、それでいてクールなムードがあって……。男の人が見たらかあっとなるでしょうね」

「やめて！　そんなことがあっては困るわ。マミー、わたしこんなドレスは着られない……」

「でも、代わりはないんでしょ？　だったら、それを着るしかないわ。この程度のドレスが恥ずかしいなんて、あなたも変わってるわね。エミリー伯母さんじゃあるまいし。年ごろの娘が何を言ってるの！　もう子供じゃないってこと、わかってるんでしょうね？　このへんで女らしくしなかったらおしまいよ」

言い返す間もなく、マミーは出ていってしまった。わたしはそんなふうに見えるのかしら？　スザンナはみじめな思いに沈んだ。それにしてもマミーの言い方はひどいわ。まるで変わり者扱いじゃないの。いいえ、やめましょう。たかがドレスくらいでかっとするなんてばかみたいよ。自分が借りたのと違うドレスが入っていたからって、大騒ぎすることはないわ。

スザンナはつんと頭を上げ、胸を張って階段を下りた。そう、マミーはわたしが一人前の女じゃないと思ってるのね？

改まったパーティーなら主催者側は並んで客を迎えるのだが、ニールとマミーは入口に出ている様子もない。客は自由に入ってきて、適当に混ざり合っている。ほとんどがニールとマミーのロンドン時代の友人たちで、スザンナもすでに顔見知りだった。

と、サイモンが目をみはり、口をすぼめて口笛を吹く真似《まね》をした。

「これはまたどういうわけだい、スザンナ？　すごいじゃないか！」彼がこうまで驚くからには、よほどすごいイメージチェンジなのだ。

「別に」スザンナはいらいらすると同時に、彼の無遠慮な目つきにとまどった。「いやね。そんなふうに見ないでよ」

「本当だわ。やめてちょうだい」妻のベスが横から口をはさみ、スザンナに明るく笑いかけた。「すてきよ、そのドレス。こういうものが着られていいわね。わたしは腰に肉がついちゃってるから、やせてる人がうらやましくって！」

「ばかだな！　きみは今のままで言うことないよ」サイモンは妻の腕を取り、スザンナを振り返った。「そんなドレスを着てると男が寄ってきて大変だぞ。大丈夫かい？　もし自信がなければ……」

「からかうのはおやめなさいよ」ベスはサイモンをぐいと引っ張って離れていった。

だが、もう間に合わない。たちまちスザンナは自分の格好が気になり、おどおどし始めた。パーティーが終わるまで、どこか暗い隅っこに隠れていたい。エミリー伯母の言うとおりだ。男の人は、着ているもので女性を判断する。今までそんなはずはないと思っていたが、ようやく納得できた。

スザンナはあまり服装に気をつかうほうではない。忙しくてかまっていられないせいもある。仕事のときはゆったりしたスカートとか、はき古したジーンズとか、着やすいものでさえあればいい。第一線で活躍する記者は、おしゃれに費やす時間などないのだ。容姿端麗な職場の華とはわけが違う。

容姿端麗？　ホールにかかっているロココ調の鏡をのぞいて思わず顔をしかめる。時代遅れの言葉！　でも、わたしは時代遅れなんだわ、少なくともある意味では。別れた日のデヴィッドを思い出すと、いまだに胸がうずく。〝ぼくを誘惑しておいて〟とか、〝男泣かせ〟だとか言って彼はわたしをなじった。それも乱暴な、感じの悪い言い方で。あれが彼の正体なのだ。だらしがないだけでなく、自分のことしか考えない憎むべき男！　あれ以上の関係にならなくてよかった。けれど、そう思っても心の傷は治らない。

何人かの客がしゃべりながらホールへ向かってきたので、スザンナはニールの書斎に身を隠した。室内はずいぶんきれいになっている。夫婦が引っ越してきたときは荒れ放題になっていて、壁のはめ板も傷んでいた。今は手入れが行き届き、暖炉も修復されてアンティークの仕事机が置かれている。カーテンやクッションなどの生地と調度品が見事な調和を見せているのは、インテリア・デザイナーのセンスがいい証拠だろう。特にペイズリー織りのカーテンがいい。重みがあるので、どっしりした赤い革張りの肘かけ椅子とよく合う。新聞を読むにしても一人でくつろぐにしても、ニールにとっては最高の部屋に違いない。

背後でドアが開いた。いやな気分になって体をこわばらせたところ、思いがけなくもリチャードの声がした。「なんだ、きみか。今日はまた……」

「やめてください」スザンナは振り返って彼の言葉をさえぎった。「いつものわたしと違うって言うんでしょう？　わかっています。もう、さんざんサイモンにひやかされたんですから」

いけない！　ついきつい言い方をしてしまった。店の人がドレスを間違えたのは、リチャードのせいではないのに。

「すみません、リチャード……」

「謝ることはない。だいいち、そのドレスはとてもいいよ。よく似合ってる。ただ、地味な格好のきみを見慣れてるもので、おやっと思っただけさ。サンダーランド夫妻と知り合いなのかい？　驚いたな」

「わたしのほうこそ。わたしにとってニールとマミーは身内みたいなものなんです。ニールとわたしの父は学校友達でしたから」

「そうか。いや、実を言うとぼくは大したつき合いはしていない。カロラインがマミーと親しくしているんだ。お互いに、いわゆる新参者だからね。ぼくは早くも息抜きしたくなってここへ入ってきたんだよ。パーティーはどうも性に合わない」

それでも、カロラインのためとあればリチャードはいやな顔一つしない。なんていい旦《だん》那《な》さまなのだろう！　彼は本当に思いやりがあってやさしいのだ。デヴィッドがこんなふうだったら……。我知らずため息をつくと、すかさずリチャードが顔をしかめた。

「何かあったのかい？　正直言ってきみのことが気になってたんだ。仕事の問題じゃないだろうね？　今度の編集長については心配はいらないよ。きみは立派に仕事をこなせる人だって報告しておいたから。確かにハザードは気難しいところがあるけど、決して間違ったことはしない」

「仕事は……仕事は関係ないんです」

あっと思ったがもう遅い。リチャードの顔を見上げてすぐにわかった。彼にすっかりさとられてしまったのだ。

「恋愛問題だね？　かわいそうに。話してごらん、気が楽になるかもしれないよ」

急に涙があふれ出し、スザンナは我ながら驚いて首を振った。どうしたというのだろう？　エミリー伯母からは、感情を表に出してはいけないといつも厳しく言われていた。それなのに、こんなぶざまなところを見せるなんて……。

「さあ、さあ、くよくよしないで。深刻になってはいけない」

リチャードにやさしく肩を抱き寄せられ、スザンナはついにわっと泣き出した。

「しっかりしなさい、スザンナ。誰だか知らないが、きみを泣かせるような男はろくなやつじゃない。落胆しないで、海にはたくさん魚がいるんだから。それに、きみにはあんないい仕事があるじゃないか」

温かいリチャードの声を聞きながら、スザンナは一生懸命気持を落ち着けようと努めた。やさしくて思いやりのあるリチャード！　彼の厚意に甘えて泣きつくなんて、まったく恥ずかしい。

「よし、よし。今は大変でも、時がたてばなんでもなくなるよ」

顔を上げると、リチャードの肩越しにちらりと人の影が見えた。ドアは開いていたのだ。誰かが入ってこなくて幸いだった。こんな場面を見られたら、なんと思われることやら。

スザンナは後ずさりし、弱々しい笑みを浮かべた。

「ごめんなさい。わたしがばかでした。おっしゃるとおりです。あんなつまらない人……泣くほどの値打ちもありません」

「その調子だ。ほかに、前上司にできることがあったら言ってくれ」

「わたし、階上《うえ》に行って顔を直してきます」

きびすを返そうとすると、リチャードが腕をつかまえて真顔で言った。「直さなくたって、きみの顔はきれいだよ、スザンナ。だが、もっと大事なのはその中にある頭脳だ。きみは頭がいい。きみのよさがわからないような男とつき合うことはない」

もう一度かすかにほほ笑み、スザンナは書斎を出て寝室に入った。鏡を見ると、目の周りが赤いけれどそれほどひどい顔はしていない。それでも、涙の跡を隠すにはかなりのアイシャドウとマスカラを塗る必要がある。ふだん薄化粧なので、アイ・メーキャップを濃くした顔は奇妙に見える。毒々しい感じさえして、自分ではないみたいだ。

でも、仕方がないわ。スザンナはあきらめて足早に階段を下りた。お祝いに来ているのに、ニールやマミーを心配させてはいけない。

運よく、ちょうど階段を下りきったところへマミーがやって来た。「大丈夫?」

「ええ。リチャードが来てるのでびっくりしたわ。あの人、これまでうちの編集長だったの」

「リチャード? ああ、カロラインの旦那さまね? 彼が編集長? それはまた不思議なご縁だこと」

いい具合に話がそれたので、スザンナは喉が渇いたと口実をつけてマミーのそばを離れた。

実際は飲み物などほしくなかった。シャンペンを飲みながら親しくもない人とおしゃべりするなんて、真っ平だ。家に帰って傷ついた心を慰めたい。けれど、それが何になるのだろう？　デヴィッドなんて、いなくなっても泣くに値しない人間だ。スザンナは何度も自分に言い聞かせた。そうよ、そうよ。あんな人に苦しめられてなるものですか。別れて本当によかったわ。気の毒なのは彼の奥さんよ。デヴィッドと知り合ったころ、わたしは寂しかった。彼はそこにつけ込んで、いけないと承知しながらわたしの気持を引きつけていったんだわ。

天幕の中に入ったスザンナは、人気《ひとけ》のない一隅に足を運んだ。そばには大きく花が飾ってある。ここならみんなの動きが見えて、しかも人目につかない。運がよければマミーの目にも留まらないだろう。

正直に言えば、ルイーズが訪ねてきたときのショックはまだ尾を引いている。あそこまで自分をいやしめたルイーズのことを思うと、とてもたまらないのだ。ばかげたことだが、女としてルイーズの行為が恥ずかしく、またいまわしい。デヴィッドへの愛はすでに冷めてしまった。どうして愛してなどいられよう？　彼への愛は、単なる幻想にすぎなかった。彼を理想の男性に仕立て上げ、子供っぽい夢を見ていただけなのだ。当然ながら、現実に目覚めたときの幻滅は大きい。スザンナは自己嫌悪に陥り、ぐっとシャンペンをあおった。舌につんとした刺激を感じ、苦い味が口の中に広がる。まるでわたしの人生みたい。反射的に、スザンナは残ったシャンペンをそばの植木鉢にあけていた。

何げなく振り向くと、じっと見つめている目があった。なんて威圧的な目だろう！　こんな目をした人に会うのは初めてだ。

相手の礼服は一目であつらえたものだとわかった。つるしの服がこれほどぴったり合うはずはない。

いつごろからかはわからないが、よほどスポーツをして鍛えたのだろう。肩幅は広く、胴体はきりっと細く引き締まっている。浅黒い肌は単なる夏の日焼けではない。長い間太陽を浴びて過ごした人の焼け方だ。髪は黒くてふさふさしており、少し長すぎる感じがする。あか抜けて品のいい燕尾服には似合わない。これだけの服装をする人ならお金には不自由していないだろうに、どうして髪をカットしないのだろう？　記者根性がしみついているせいか、ちょっとでもおかしなところがあると気になってならない。あの豊かな髪を切らないのは、ただ長いのが好きだからだろうか？　他人がどう思おうとかまいはしないと……。

スザンナはふと、自分が相手を見つめているのに気づいた。さらに悪いことに、彼はそれを意識して横柄な目で見返している。たちまち全身がかっと熱くなった。

彼との間にはかなり距離があるが、〝きみがほしい〟という声が聞こえてきそうな気がする。このドレスのせいであるのは言うまでもない。バーゲンの商品でも見るような……

いえ、もっと危険な目つきだ。その目にちらりと浮かんだ光は、つがいの相手を求める動物と相通じるものがある。不意に全身を走った震えは、女としての本能的な反応だろうか？　つかの間ながら、二人の間には確かに男と女を結びつける強力な力があった。おかしなことに、彼もまた本能的な何かを感じたようにぞくっとしたのがわかる。だが、またたく間に彼は無表情な紳士に戻った。

ドレスのせいよ。そうとしか思えないわ。あんなに男性的魅力にあふれた人が、わたしに何かを感じるはずがないもの。スザンナは夢中で心につぶやいた。彼は人に動かされて生きてきた男ではない。値踏みするような目、彫りの深い顔だち……どこを取っても人を動かすほうの人物だ。年はサイモンと同じくらい――三十代前半だろう。その三十何年は、充実したむだのない年月だったに違いない。

デヴィッドには全然似てないわ。スザンナはぎゅっと手を握り締めた。どうだっていいじゃないの、そんなこと！　彼が何者だろうとわたしには関係ないわ。大切なのは、男の人とかかわり合いにならないことよ。とりわけ服装で女性を判断するような人とは！

「どうしました？　シャンペンはお気に召しませんか？」

あざ笑うような声に、スザンナはどきっとして体を硬くした。いつの間にそばへ来たのだろう？　ついさっきまではあそこに……と思って目をはせると、男は低い笑い声をあげた。

「いいえ、とても結構な味です」スザンナはショックを隠してさりげなく答えた。

近くで彼を見て改めて感じる――長い間太陽を浴びていた人だという推測は間違っていなかった。その証拠に、目尻のしわが白く筋になって残っている。目は薄いグレイで、中心より外側がいくらか濃い。どうしたのだろう？　彼の目には魔力でもあるのだろうか？　目をそらそうとしても、いつしかそらせなくなってしまった。

不意に体じゅうの力が抜け、自分が頼りなく思える。スザンナはじりじりと後ずさりした。彼がこのドレスからどんな判断を下したか知らないが、安っぽい遊び相手と見なされるのは不愉快だ。これで離れていかないようなら、はすっぱな女の子ではないというところを見せてあげなくてはいけない。

この人をやっつけることができたら、どれほど胸がすっとするだろう？　スザンナは自分の考えていることにショックを受けた。わたしはいやな女になりつつあるのではないかしら？　ひねくれてひがみっぽい年上の女性社員たちみたいに。彼女たちは、だんだん陰険なかわいげのない女になっていった。いつまでもいい人にめぐり合えなくて夢をなくし、やさしさやものに感じる心を失ってしまったのだ。断じてあの手の女性にはなりたくない。

「あなたのようなきれいな人が、一人で何をしてるんですか？」

なんてありきたりの台詞《せりふ》！　もう少し気のきいた言い方をしてくれたっていいじゃないの！　それに一人でとは何？　ぐっと胸がつまってくる。だめ！　こんな人の前で涙なんか見せちゃだめよ。

彼を追い払うだけでなく自分を叱りつけたい気持になり、スザンナは苦々しげに言った。

「一人でいるのはそのほうがいいからです。どうぞ、もう……」

「そのほうがいい？　違うんじゃないか？　本当は恋人が奥さんのそばにいるからだろう？」

どうして知ってるの？　わたしは誰が見てもわかるほど後ろめたい顔をしているのかしら？　顔を隠したいが、そんなわけにはいかない。ルイーズが訪ねてきたときと同じように、胸がむかつく。

スザンナは彼のそばをすり抜けようとした。だが、彼は腕をつかまえ、耳ざわりな声で言った。「逃げるのかい？　どうした？　事実を突きつけられるのがいやなのか？　まともな男をつかまえればいいのに、他人のものを盗むほうがいいんだろう？　素直に白状したらどうだ？」

まるで体を揺さぶってどなり出しそうな勢いだ。スザンナはびくびくして辺りを見回した。見ている人はいないだろうか？　息がつまり、胸がどきどきする。

「いやにあどけない顔をしてるじゃないか。子供が暗闇《くらやみ》を怖がるときはそういう顔をするものだ。だが、きみがそんなにうぶなはずはないよな」

わたしは子供よ。だいいちあなたには立ち入ったことをきく権利はないわ。そう言いたいと思いながら、なぜか全然違う言葉が口をついて出てしまった。「どうしてわたしに既婚者の恋人がいるなんてわかったの?」

急に目の前が暗くなり、部屋が揺れ始めた。耳ががあんとし、大きな波の音を聞いているような気がする。わたしは気を失いかけているんだわ、と思ったとたんに、すべては闇の中に消え去った。

スザンナはニールの書斎で気がついた。ソファに寝かされていて、ドアは閉まっている。起き上がろうとすると、ドレスがするりと胸からすべり落ちた。ファスナーが下ろされているのだ。あわててドレスを押さえたとき、人の動く気配がした。

あいにく、もの陰から現れたのは例の憎らしい男である。

「マミーは?」スザンナはかぼそい声でたずねた。

「彼女を呼んでせっかくのパーティーを台なしにしてはいけない。だいいち、きみはもう大丈夫だ。気絶するとはうまい手だな。あれは、抜き差しならなくなったときの方便だろう?」

なんですって! 失礼な! 反射的に起き上がってしまい、あっと思ったがすでに後の祭りだった。男の目は食い入るようにあらわな胸を見つめている。

とまどいと不安からスザンナは小さく声をあげ、さっと手で胸を隠した。

すかさず男が手首をつかみ、彼女の手を引き下ろす。精いっぱい抵抗したが、彼の力に勝てるはずはない。

額に男の息がかかる。手首をつかんでいる手は固く、それでいて妙に温かい。ぴくぴくと打つ脈の上を、彼の親指がなでている。

「きみは女優じゃないのか？　さっきの演技は真に迫ってたよ。だが、なんのためだ？まさか、ぼくが本気にすると思っていたわけじゃないだろうね？」

ばかにするのもいいかげんにしてよ！　かっとして、脈搏《みゃくはく》がいちだんと乱れる。

スザンナの心が読めたのか、彼は表情を硬くした。

「怖いのかい？　乱暴されそうで？　ぼくはそこまで落ちぶれてないよ」彼は口もとをゆがめた。

「なぜわたしをここへ連れてきたの？」残り少ない力を大事にするかのように、独りでに呼吸が浅くなる。「ドレスはどうして……」

「ぼくがファスナーを下ろしたんだ。息が楽にできるように」本当は、いやに胸もとがぴったりしてたから、と言いたいのだろう。

「わかったわ。でも、もう大丈夫よ。よろしかったら、外へ出ていただけないかしら？ドレスを着たいので」

「よろしくないね」

スザンナは相手をにらみつけた。

「なんだい？　驚いたような顔をするなよ。男に体を見せるのは珍しいことじゃあるまい。どうしてぼくだけ追い出すんだ？　それとも、恋人が入ってきたら大変だと思っているのかい？」

恋人？

スザンナはわけがわからず、ぽかんとして男を見つめた。わずかの間にいろいろなことが起こったので、全然考えがまとまらない。

「そんな……恋人なんて入ってこないわ」

男の目は不思議な作用を及ぼし、わたしに催眠術をかけてしまう。彼は今、軽く手首を握っているにすぎない。それがかえって甘い愛撫《あいぶ》をほのめかし、むずむずするものを感じさせる。まったく初めての経験だ。デヴィッドはこうした微妙な、じらすような愛のテクニックを持ち合わせてはいなかった。

愛のテクニック！　スザンナはぞっとして身を引いた。そのはずみに、偶然彼の手が胸をなでた。いまわしいことに、たちまち体に震えが走る。

「向こうへ行かなくちゃ」

スザンナは夢遊病者さながらに、ドアを見つめたまま起き上がった。現実はドアの向こう側にある。この部屋は次元が違うのだ。目の前にいる男は何者で、わたしは彼と何をしているのだろう?

　スザンナが立ち上がろうとすると、彼はただちに手を伸ばし、細いウエストをつかまえた。

「だめだ。行かせない」耳ざわりな声が流れる。「行かせないよ」彼は声を落とし、顔を近づけてきた。柔らかな息を肌に受け、清潔なにおいを感じていたスザンナは、やがてどきっとして体をこわばらせた。彼の手が胸をまさぐっている！　彼はさらに体を押しつけて両手で胸を包み込み、口を寄せてささやいた。「そう簡単に放すわけにはいかない。きみを助けたんだから、それなりの報酬をもらわなくちゃな」

　わたしを助けた？　何を言ってるの？　あなたが原因で気を失ったのに、助けたですって？　頭の中で何かが回り出し、それがどんどん速くなっていく。しっかりしたものにつかまろうとしても、手も体も言うことをきかない。男の唇がそっと触れ、舌が感じやすい唇の上をすべる。どういうわけか抵抗なく彼のキスを受け、喉の奥から独りでに悩ましげな声がもれる。デヴィッドを拒み続けた体さえ、男をはねつけようとはしない。スザンナは唇を開き、頭をゆったりとソファに預けた。彼はいっそう熱く燃え、激しく体をすり寄せてくる。

　ふとスザンナは我に返った。いったいわたしはなんてことをしているの！　とんでもない話だわ！　スザンナが夢中で顔をそむけると、彼はゆっくりと唇を喉から肩へ移した。

やめて！　心に叫んで体を弓なりにそらしたが、彼はやめようとしない。それどころか、胸に唇をすべらせていく。胸のふくらみに感じる彼の熱い唇……初めての甘い体験……ほかのことはもう何も考えられない。

なんてすてきなのだろう！　こんな気持になれるとは想像もしなかった。デヴィッドの愛撫など比べものにならない。快感に溺《おぼ》れ、自分を見失ってしまいそうだ。

そうした熱い思いから、知らぬ間に声をあげたらしい。男は不意に手を放し、胸もとに口を寄せたままささやいた。「気に入った？」

答える暇も与えず、彼は再びスザンナの唇をむさぼり始めた。あらゆるものが頭の中から消えてゆき、スザンナはただこの喜びがいつまでも続くようにと祈った。

「きみがほしい。もう、わかってるだろう？」

ぼんやりかすむ意識の中に、露骨な彼の言葉がしみ通る。目に映るのは黒くて濃いまつげ、紅潮して汗ばんだ肌。手を伸ばして彼の肌に触れたい。すると、彼は焼けつくような頬を押し当ててきた。本当にわたしがほしいんだわ！　スザンナの胸は歓喜にわいた。

「きみは彼のこともこんなふうにしてつかまえたのか？　純情そうなふりをしながら、すてきな体をちらちらさせて誘惑したんだろう？　実際きみは……」

いまいましげな男の声に胸がうずく。違うのよ。こんな気持になったことはなかったの。あなたが初めてだわ。だが、そこでもう一人のさめた自分が叱りつけた。何を言ってるの！　目を覚ましなさい。

　わずかなすきをついて、スザンナは彼を押しのけた。

「今よ！　ぐずぐずしていちゃだめ！　スザンナははじかれたようにソファから立ち上がり、ドレスを引き上げた。彼が何やら汚い言葉をつぶやいたが、気にしてはいられない。

「そばへ来ないで！　触れないでちょうだい！」声は震えているが、スザンナはすでに冷静を取り戻していた。「あなたがどういうかたなのか、なんのつもりでこんなことをなさったのか知らないけど、あなたには立ち入った質問をする権利はないわ！」

「なんのつもりか知らない？　おかしいな。今さっきは明らかにわかっていたはずだが」

　胸を見つめている男の目つきが、熱い行為を思い起こさせる。あれはまったくいやしい、恥ずべき行為だった。このままではプライドが許さない。彼のことなどなんとも思っていないということをわからせなくては！　何げなく胸もとに目を落とし、スザンナはいっそう恥ずかしくなった。ドレスがぴったりしているので、胸の線がなまめかしく浮き上がっている。赤の他人に、なんとはしたない姿を見せてしまったのだろう！

「大げさに考えないで。あれは、特別なことじゃないのよ。彼と……しばらく接していないものだから……」

　男の目が怒りに暗く燃えるのを見て、スザンナはなんとも言えない満足感を味わった。彼は、そんなことがあってたまるかと心につぶやいているのだろう。彼のプライドを傷つけたと思うとうれしくなる。

「欲求不満に陥るのは男の人だけじゃないのよ」スザンナが後ずさりしたので立ち止まった。「きみはぼくに抱かれたいと思っていた」

「きみは……」男は足を踏み出したが、スザンナが後ずさりしたので立ち止まった。「きみはぼくに抱かれたいと思っていた」

「違うわ。ずばりと言えば、男なら誰でもよかったのよ」苦虫をかみつぶしたような彼の顔を見て、スザンナは眉を上げた。「どうなさったの？　あなたは大人なんだから、別に驚きはしないでしょう？　わたしにすれば、相手が誰であるかは関係なかったの」

殺意に似たものが男の目に燃え、スザンナははっとすると同時に恐ろしくなった。とんでもないことを言ってしまった。嘘《うそ》だと知れたらどうしよう？　しかし、幸い彼はきびすを返し、ドアに歩み寄った。

「運がよければ、もうお会いする機会はないでしょうね」ドアを開けて振り返った男に、スザンナは甘い声で言った。

「安心しないほうがいいぞ」

おどし？　今の台詞はどういう意味？　まさか、また会いたいと思っているわけじゃないでしょう？　スザンナは肩をすくめ、男がいなくなったのを確かめてから二階の部屋へ駆け上がった。

鏡を見た瞬間、部屋へ逃げ帰ってよかったと思った。口紅のはげた唇はまだキスの跡をとどめ、目が熱っぽくぎらぎらしている。それに、きっちりしたドレスの下で大きく波打つ胸！　思わず震える手で胸のふくらみを隠した。

ショックで脚がふらふらし、スザンナはベッドに倒れ込んだ。いったいさっきのできごとはなんだったのだろう？　もう二度とあの男の顔を見たくない。いい具合に彼はあの嘘を信じ、自分は身代わりにされたと思ったらしい。だが、だまされたのはあのときだけの話だ。さっきは欲望に駆られてかっとしていたので、論理的にものごとを考える余裕がなかったのだろう。あとでゆっくり考えれば……。もうやめよう、そろそろ階下へ行かなくてはならない。いつまでもここにいたら、マミーが心配して上がってくる。

ホールの中央辺りまで行ったとき、反対側から来たポールと鉢合わせした。

「やあ、今、階上へ行くところだったんだよ。母さんが見ておいでって言うから」

ポールはスザンナの腕を取り、少し歩いて足を止めた。天幕の入口付近に何人かの客が群がっている。スザンナの目は無意識に、長身で黒い髪をした男の後ろ姿に吸い寄せられた。あの姿は……心臓が狂ったように打ち、体が震え出す。

「よかった、ハザードが来てる。やっぱり来てくれたんだな。父さんと母さんに紹介しなくちゃ」

「ハザード？」

「そう。ハザード・メインといって、シドニーで知り合った男だ。ここへ来るとき偶然飛行機で一緒になってね。聞いてみたら、こっちで新しい仕事につくって言うんだ。彼はイギリスの学校を出ているらしいけど、誰ともつき合いを続けていない。それで、パーティーに呼んだわけさ」

「どの……どの人？」

「彼だよ」

スザンナは愕然《がくぜん》としてポールの指差す先を見つめた。黒い髪をした男。他人の夫を盗むのが好きなのかと、わたしをなじった男。異性に触れる喜びを初めて教えてくれた男。おそらくスザンナをとんでもないあばずれだと思っている男。それが新しい編集長、ハザード・メインだったのだ！

スザンナは喉の奥でうっと声をたてた。

「どうしたんだ？」

「ポール、ちょっとリチャードのところへ行ってくるわ。用事を思い出したの」

「リチャードに？」ポールがきき返したとき、スザンナはすでに人込みにまぎれ込んでいた。

ハザード・メイン！　わたしは、なんてついてないのだろう！　あの男がハザード・メインだなんて夢にも思わなかった。アメリカなまりさえないではないか！　困った。完全にイメージチェンジする方法はないものだろうか？　月曜日に出社したとき、誰だか見破られないくらいに。でも、まともに考えてそんなことはあり得ない。わかってしまうに決まっている。

いいじゃないの。多少きわどい遊びをしたからといって、彼を恋人の代わりにしたからといって、彼がわたしを首にできるわけじゃないでしょう。そんなことをしたら、自分が恥をかくだけですもの。ハザード・メインは、恥をさらして平気でいられるタイプじゃないわ。

そう。彼もわたしと同様、我慢して仕事をするしかないのよ。

しかし、それでも不安を追い払うことはできない。今ごろ自分の愚かさをくやんでももう手遅れだ。逃げ出したいが、エミリー伯母はいつも逃げてはいけないと言っていた。だいいち、逃げてどこへ行けばいいのだろう？　結局ずうずうしく立ち向かうしかないのだ。ずうずうしく……。まったく、これ以上ふさわしい言葉はない。もうすでに、ハザードの前でさんざん言いたい放題を言ってしまった。

3

「行きましょう、スザンナ。お昼よ」

スザンナははっとしてもの思いから覚めた。土曜日からずっと憂鬱《ゆううつ》でたまらない。ポールがハザード・メインを知っていたなんて、しかもパーティーに呼んでいたなんて、あまりにもひどい偶然だ。

恐れていたとおり、会社でハザードと顔を合わせるのはまさに悪夢だった。さげすみの目でじろじろ見られながら黙って座っているのは、大変な忍耐を要した。加えて、いくら屈辱を感じても表向きは冷静を保っていなくてはならない。

「リジー、わたし何も食べたくないの」

ちょっと間をおいてから、リジーはきらりと目を光らせた。「どうして？　ハザードがあなた一人を部屋に残したから？　ばかね。考えてごらんなさい。あなたがワイン・バーへ来なかったら、みんなが気を回すじゃないの。マスコミの世界っていうのは甘いところじゃないのよ。人情とか思いやりなんてものは存在しないんだから。今日のお昼に出てこないのなら、変に思われるのを覚悟することね」

そのとおり。今さら聞かなくてもわかっている。ただ、リジーの苦々しげな口のきき方にはびっくりした。編集スタッフではないので、編集部のもめごとには口を出さなかった。もの静かで落ち着いていた。彼女はずっと前からリチャードの秘書をしていて、ものニュース番組のレポーターをしていたとか……。そういえば、リジーの別れたご主人はテレビ局でニュース番組のレポーターをしていたとか……。それで同僚の女性と深い仲になり、彼女を捨てたのだと聞いた記憶がある。

それはともかく、リジーの言ったことに間違いはない。顔を出さなかったら、なぜだろうとよけいな憶測をされるに決まっている。

「コートを取ってくるわ」

「かさも持ってらっしゃい。また降り出したから」

これほど雨の多かった夏も珍しい。もうすぐ秋。仕事にかけた期待も未来への夢も、夏とともに去っていってしまうのだろうか？　リチャードが温かく見守ってくれていたときは、何もかも明るく輝いていたのに。けれど、ハザード・メインにいばらせておくことはない。いかがわしい行為に及ぼうとしたのは彼のほうではないか！

頭を使わなくちゃだめよ。スザンナは自分に言い聞かせ、リジーのあとから雨の舗道へ出た。あの事実を突きつけたら、彼をますます怒らせるだけだわ。

「さあ、入りましょう」リジーが軽く背中を押す。編集スタッフが昼食時や帰りによく集まるワイン・バーは、この建物の地下にある。

ほかのスタッフはすでに来ていた。陽気で騒々しい一団なので、面白そうに見る客がいる一方、いやな顔をする客もいる。

スザンナが入っていくと、一瞬みんなはしんとした。やはり来てよかった。リジーに感謝しなくては。

「座れよ」仲間の一人が話しかけた。「今、我々のさだめを嘆いていたところさ。新しい編集長はリチャードとは大違いだ」

「まったくよ。なあに、今朝の態度は！ あなたにいやみたらたらだったじゃないの、スージー」

スージーと呼ばれるのは大嫌いだが、今日ばかりは我慢しなければならない。スザンナはぼんやり口もとをほころばせて肩をすくめた。

「何かあったの？」別のスタッフがたずねる。

「何もないわ。たぶん、彼は赤毛が好きじゃないんでしょ」

苦しまぎれに答えたところ、何人かが面白そうに笑い声をたてた。幸いにも、そこでクレアが話を中断してくれた。「さて、子供たち、お姉ちゃまはお先に失礼するわ。今日じゅうに書き上げなくちゃいけない記事があるの。一言忠告しておくけど、新しい編集長には気をつけたほうがいいわよ。マックが引退した暁には、社長になるとかいう噂《うわさ》だから」

マックというのは、マクファーレン出版社社長、トム・マクファーレンの通称である。

みんなはどっとクレアに質問を浴びせたが、スザンナは黙って彼女の言ったことを考えた。

誰一人として、クレアの情報に疑いをはさむ者はいない。間違いないとわかっているからだ。

「それじゃ、リチャードはどうなるの?」誰かがきいている。「カロラインの旦那《だんな》さまなら……」

「そう……リチャードはいい人だけど、トップに立つ器じゃないわね」クレアはさらりと言ってのけた。「後釜《あとがま》はやっぱりハザードよ。彼と一緒に仕事していた人からいろんな情報を仕入れたの」

「どうして、そうはっきり言えるの?」別の一人がたずねた。クレアの自信ありげな言い方が気に入らない様子だ。

「ちゃんとした根拠があるのよ。たとえば、ハザード・メインの父親とマックは昔、組んで仕事をしていたの。そういう話、誰か知ってた?」

誰も知らないのは一目瞭然《りょうぜん》だった。

「これは事実よ。二人はそのうち別れ別れになったけど、メイン氏はマックと接触を保っていたらしいわ。まるで息子みたいにね」

「リチャードはどんな気持かしら?」スタッフの一人が言うのを聞いて、とっさにスザンナは口走った。

「リチャードは気にしないわ。彼はそんな……」

「くやしいの？　お気の毒さま」

さっと険悪な沈黙が流れたが、クレアがそれを破った。「ねえ、スザンナ、リチャードのお気に入りとして、よく考えてみて。彼には道が開かれていたじゃない？　やる気があれば、トップだって狙《ねら》えたはずよ」

賛成できないが、反対したらけんかになるだろう。スザンナはただぽつりと言った。

「リチャードは本当によくしてくれたわ」

「なぜだ？」男性のひそひそ声が聞こえた。しかしスザンナが耳を貸さなかったので、相手は今後の見通しについて話し始めた。つまり、ハザードによって雑誌が変わるだろうというのである。

昼食はちっともおいしくなかった。それでも努力して食べているうちに、少しずつ気持が楽になってきた。誰もハザード・メインのことをよく知らない。黙ってみんなの意見を聞いていよう。

いい具合に、編集スタッフは隠れた事実に気づいていない。ハザードがスザンナを毛嫌いするのは、彼女がリチャードにかわいがられていたからだと思っている。

「心配することはないよ」帰り道、先輩の男性スタッフが言った。「ハザードも、仕事が面白くなればきみのことなんか忘れるさ。新聞をやってきた連中は、みんな雑誌なんてつまらないものだと思っている。そこが問題なんだ。彼も今度の仕事には不満だったんだろう。あとでいくらいい地位につけるとわかっていてもね」

社内のロビーを歩いているとき、リジーが腕時計にちらりと目を落とした。「ごめんなさい。すぐ部屋に行かなくちゃ。ハザードのスケジュールがびっしりなの。会議とか……いろいろ」

そうなれば、今日は彼の顔を見ないですみそうだ。スザンナはほっとして自分の席に戻った。

彼女が目下取り組んでいる仕事は、ある新人作家に関する資料集めである。数カ月前に華々しく文壇に登場した作家で、まだ誰もインタビューした者がいない。ヨークシャーの片田舎で隠遁《いんとん》者のような暮らしをしているとかいう話だ。マスコミが彼について知り得た事実と言えば、彼の作品を出した出版社が渋りがちに流した情報しかなかった。

彼との会見に成功すれば、間違いなくすばらしい実績になる。そしてスザンナは、今ちょうど会見の交渉がまとまりそうなところにきているのだ。

というのは、かつての同級生が出版社に勤めていて、例の作家とつき合いがあるからである。

「マスコミに振り回されるのは絶対いやだって言うの。でも、なんとか頼んでみるわ」

〈トモロウ〉の編集部に入ってから、スザンナは誰かの下で仕事をしたという経験がない。いつも直接リチャードから仕事をもらい、企画を任されてきた。そのように主体性を持たされるのは、大変うれしいことだった。

仕事に没頭しているとき、内線電話がかかってきた。意外にも相手はリジーだった。申しわけなさそうな彼女の声に、たちまち胃の辺りがおかしくなる。「スザンナ、ハザードがすぐ部屋に来てくださいって」

リチャードが編集長だったときは、一度もこんな呼び出しは受けなかった。でも、あの二人を比べてみたところで始まらない。

びくびくしながらも、スザンナは平静を装ってハザードの部屋に入った。リジーはタイプを打っていて、顔を上げようとしない。いやな予感がする。

「どうぞ、入って」目を合わせる勇気がないのか、リジーは下を向いたまま奥の部屋を指し示した。

何を怖がっているのよ！　スザンナは自分を叱《しか》りつけて奥の部屋に向かった。最悪の結果は首にされることだ。首……。よりにもよってこの就職難のときに首にされるとは！　ただでさえ働き口がないのに、やめさせられたとなったらとても再就職できる見込みはない。

編集長の席に座っているハザードを見ると、やはりぐっと胸にこたえた。まだリチャードの姿が頭から抜けきれていないのだ。ハザードは書類の上にかがみ込んだまま、顔を上げようとしない。社の礼儀にならい、スザンナは立って待っていた。彼は手紙とおぼしきものにサインしている。いつまで待たせるのだろう？　緊張感がつのって大声で叫びたくなる。むろん、彼はわざとぐずぐずしているのだ。よし！　それならこっちだって負けるものですか！　意地悪されたって平気よ。

ようやくハザードが顔を上げたとき、スザンナは無表情なさめた目で彼を見返した。ハザードのほうは不愉快そうな目つきをしている。表面的には多少さげすみの色を浮かべているにすぎないが、心の中ではひどく怒っているのに違いない。

彼は男っぽさとプライドのかたまりで、またそこが弱いところでもある。そのプライドをスザンナが刺激したのだから怒るのは当たり前だろう。つまり、彼は一見きわめて自信ありげだが、内心では自分に男としての魅力があるかどうか絶えず気にしているのだ。そうでなければ、あれほどかっとするはずはない。

いや、怒るのはおそらく彼に限ったことではないだろう。自分が肉体的欲求を満たすためのおもちゃにされたと知ったら、誰でもかっとするのではないだろうか？　うかつに大胆な台詞《せりふ》を投げつけたのが災いのもとだった。だが、後悔先に立たず。今さらくやんでももう間に合わない。これまでにも何度か苦い経験をしているが、今度は最悪の事態になりそうだ。

「お座り」

命令するような言い方！　しかも、なんて耳ざわりな声だろう！　スザンナは体を硬くして突っ立っていた。

「ハーグリーヴス君、きみは道徳的欠陥人間というだけじゃなくて、耳にも欠陥があるのかい？」ハザードは一言一言悪意を込め、不気味に穏やかな声で言う。

ばかにしないでよ！　スザンナは叫びそうになり、あわててぎゅっと口を結んだ。いけない！　目の前にいるのは編集長なのだ。ただの編集仲間ではない。

むしゃくしゃしながらもスザンナがおとなしく腰を下ろすと、彼は再び口を開いた。

「よろしい。さて、いろいろ調べてみたんだが、変えたい部分が出てきた。まずきみの立場だ。今後はぼくのアシスタントをしてもらう」

彼のアシスタント！

断りたくても、あまりのショックに声も出ない。それでも、青ざめた顔と怒りに燃える目が言いたいことを伝えたようだ。

「格下げだと思わないほうがいい。ただ仕事が変わったと考えておくことだ」

格下げ！　そうか、格下げなのか！　アシスタントと聞いたときは、彼のそばに置かれるというショックを感じただけだった。落ち着いて考えてみれば、もっと大きな意味があるのだ。

「わたしの仕事はどうなるんです?」

「きみの仕事はどうも点数のつけようがなくてね」ハザードは手紙の下からファイルを取り出した。「きみが書いた記事はここにそろっている。よく考えて書いてあるし、文章もうまい。話題もまともだ。現代社会の不条理を突く姿勢や不幸な人間への配慮は……きみみたいな女性の記事とは思えない。要するに、きみの記事はほかの人の手が入っていると思えるふしがある」

何を言いたいの? わたしの記事はほかの人が書いたとでも? そんな……。

スザンナは愕然《がくぜん》として言い返すのも忘れていた。

「きみはリチャードの腹心の部下だったんだから、そういうことも……」

「リチャードがわたしの記事を書いたとおっしゃるんですか?」スザンナはむっとして口をはさんだ。

「きみが書いたか他人が書いたかは問題じゃない。〈トモロウ〉をよくするためには、実力のある編集者が必要だ。だから、きみに充分な力があると納得できるまでは、仕事を任せるわけにいかない。まず能力をテストさせてもらう。ぼくのアシスタントにするのはそのためだ」

「つまり、一緒に特集記事を書くんですね? そんなことをさせていいんですか? わたし、記事を盗んでよその雑誌社に売るかもしれませんよ」

ハザードはにやりと薄気味悪い笑みを浮かべた。「売りたければ売るがいい。断っておくが、正当な理由があればぼくはいつでもきみを解雇できるんだよ。ぼくとしてはまことに好つごうさ」

スザンナは冷水を浴びせられた思いがした。職を失ったら大問題だ。マスコミの世界は狭い。噂はあっという間に広がる。今、最も売れている〈トモロウ〉を首になったら……。思わず身震いしてふと目を上げると、ハザードが眉をひそめて見つめていた。

実のところ、彼はスザンナの心細げな表情に心を惹《ひ》かれていたのである。人恋しそうな唇、誰かに頼りたそうな目……。しかし、当のスザンナはそんなことを知るよしもない。

「きみには明日の朝からここで仕事をしてもらう。もう全部手配ずみだ。きみの机も今夜運び込むことになっている。明日は朝の打ち合わせが終わり次第、現在きみが持っている企画を一通り一緒に検討しよう」

ハザードは再び机に肘を突き、書類に目を落とした。出ていっていいのだろうか？　それとも、まだ用事があるのだろうか？　全身の筋肉がしびれ、金縛りにあったみたいに動けない。ショックを受けたせいだ。

ハザードは顔を上げ、冷たいグレイの目でスザンナを見すえた。

「何を待ってるんだね、ハーグリーヴス君？」

おぼつかない足を踏み締め、スザンナはどうにかハザードの部屋を出た。ありがたいことに、リジーは席にいなかった。さらに廊下にも人影はなく、小さな自分の部屋に戻るまで誰とも顔を合わせなかった。どうやら天も多少は味方してくれたらしい。

部屋に入ったスザンナは、椅子に沈み込んで宙を見つめた。何がなんだかまだわからない。ハザード・メインがあんなことを言ったとは信じられないのだ。いったい何を証拠に、人に記事を書いてもらったのではないかなどと言ったのだろう? リチャードが不正を許さない人物だということくらい、ハザードだって知っているはずではないか。

わたしもわたしだわ。どうしてハザードにそう言わなかったのかしら? スザンナは苦々しく胸の中でつぶやいた。彼に言いたい放題を言わせて黙っていたなんて、よっぽどどうかしていたんだわ。

とはいえ、今から彼の部屋へ押しかけていってあれは誤解だと言うわけにもいかない。失業したくなければ、いい仕事をしてそれを証明するしかないのだ。納得できないが、人生とはもともと不公平なものなのだから仕方がない。時計を見ると、とっくに五時を過ぎている。やれやれ! 家に帰れるのがせめてもの慰めだ。

ところが、レインコートにくるまってロビーを歩いているとき、ばったりハザードと会ってしまった。

「もう帰るのかい?」彼はあざけるように言って、ちらりと時計を見上げた。「いいよ。せいぜい早く帰りなさい。今日が最後なんだから。明日になったら、本当の仕事とはどういうものか教えてあげよう」

その夜、スザンナはマミーにお礼状を書いた。彼女はこうした礼儀にうるさいのだ。書き終わろうとしているとき、電話が鳴った。

誰だろう？　このフラットの電話番号を知っている人は数えるほどしかいない。デヴィッドだろうか？　彼の声など聞きたくない。我ながらびっくりするほど心が沈む。

わたしは恋に恋していたんだわ。受話器に手を伸ばしながらぼんやり考える。デヴィッド個人には、もうなんの感情も残っていないもの。残っているとすれば、憎しみと腹立たしさだけ。奥さんを裏切り、わたしをもてあそんだなんて許せない。

「もしもし、スザンナ？」

女性の声……でも、誰？　そうか！　わかった。

「ニッキー！」

「ジョン・ハワードのことで、ぜひ聞かせたいニュースがあるの」

ジョン・ハワードとは例の作家である。ハザードのおかげで彼のことをすっかり忘れていた。

「実はね、見通しが明るくなってきたのよ。金曜日に彼が社へ来たから話をしたら……。もしもし、スザンナ、聞いてる？」

「聞いてるわ」スザンナはあわてて答えた。問題はハザードだ。わたしは今後、自分の好きな企画を取り上げるわけにいかない。ハザードのアシスタントとして、彼の企画に沿って仕事をするしかないのだ。従軍記者だったハザードは、ベストセラー作家のインタビューなど退屈で俗っぽいと言うだろう。彼にすれば、テロリストのグループの密着取材のほうがずっと面白いに決まっている。

「わたし……」

「ちゃんと聞いてよ」ニッキーはじれったそうに言う。「わたしがどんなにがんばったかわかる？　ついにオーケイさせたのよ！　今夜会ってくれるって。これから〈コンノート〉まで食事に来られる？」

「もしもし、つごうが悪いの？　どうしよう？〈コンノート〉で食事？　来られない？」

「いえ……行けるわ。何時に行けばいい？」

おそらく、あの企画はお流れになったとニッキーに話すべきだっただろう。しかし、とうとう言いそびれてしまった。長い間待っていたチャンスがやっと訪れたのに、あっさりあきらめる気にはなれなかったのだ。

ドレスは慎重に選ばなければならない。気取った服装や奇抜な格好は禁物だ。インタビューする側とインタビューされる側の関係は、調理人とまな板の上の魚に似ている。したがって、どちらかと言えば気楽な格好で行くほうが会見はうまくいく。さりとて場所が〈コンノート〉では、ジーンズとトレーナーでは行けない。

あれこれ迷ったあげく、シンプルな黒の絹のドレスに決めた。マミーからのクリスマス・プレゼントである。ぴったり体に合う女らしいデザインだが、お色気過剰ではない。それに、黒い柔らかな生地は白い肌を引き立てる。以前から黒は最高に似合う色だった。ただし、鏡に映った自分がいやに弱々しく見える。

どうしたのだろう? 今日一日で急にやせたなんてことはあり得ない。けれど、確かに顔がやつれてものうげな雰囲気が漂っている。目まで何かを思いつめているみたいだ。

むっとしてスザンナは鏡に背を向けた。ハザード・メインに振り回されるなんてばかみたい! リチャードにもよく言われたじゃないの。もっとたくましくなりなさい、って。そのとおりだわ。この仕事をしていくには、ある程度したたかにならなくてはいけないのよ。でも、いくら仕事が好きだと言っても、すれっからしにはなりたくない。

〈コンノート〉へはぴったり時間どおりに着いた。待ち合わせ場所はバーである。バーは比較的すいていて、ニッキーはすぐに見つかった。しかし、ジョン・ハワードの姿は見えない。

ニッキーは年配の女性と一緒に座っている。おそらく、売れっ子作家は気が変わってインタビューを断ってきたのだろう。彼がいないと知って、スザンナは急に気が抜けてしまった。自分でも知らぬ間に大きな期待をかけていたらしい。単に貴重なインタビューができるからというだけでなく、彼の作品が好きだったからだ。彼の心理描写はすばらしい。男性のみにとどまらず、女性の描き方も実に見事なのだ。

スザンナは強いてニッキーと連れの女性に愛想よく笑いかけた。ここでがっかりした顔を見せてはいけない。

年配の女性は笑顔を返してきた。年は五十歳くらいだろう。品よく整えた髪と、強い個性をうかがわせる顔だちが印象的だ。

ジョン・ハワードは？　ときたいところだが、第一声がそれでは失礼だ。しかも、ニッキーと彼女は何か大事な話をしているところだったに違いない。そこでスザンナはとりあえず腰を下ろし、二人の話が一段落するのを待った。

やがてニッキーは連れの女性に目配せした。スザンナがどういうわけかと思っていると、ニッキーは静かな声で言った。「スザンナ、紹介するわ。こちら、エマ・キングさん。別名ジョン・ハワードよ」

「ジョン・ハワード！」スザンナは思いもかけない事実に目を丸くした。作家がペンネームを使うのは珍しい話ではない。中には異性の名前を使う人だっている。しかし、ジョン・ハワードが女性だとは想像もしなかった。

スザンナがあまり驚いた顔をしたせいか、エマ・キングは面白そうににっこりした。

「わたし自身も今悩んでるの。『過ぎ去りし時』の続編を書き上げたところなんだけど、女だとわかったら売れないんじゃないかと思って……」

「エマは、出版界ってやはり男性優位の傾向があると言うの。女性作家は受け入れてもらえないときもあるんですって。だから、マスコミには女性だってことを公表したくないわけよ。女だとわかったら、今ほど重視してもらえなくなるかもしれないわ」

ニッキーの言うことはよくわかる。スザンナが何かいい方法はないかと顔をしかめて考えていると、エマが穏やかに言った。「わたし、インタビューは受けないことにしているんだけど、あなたなら会ってもいいと思ったの。あなたの記事を読んで感激したし、ニッキーからもすばらしいかただって聞いてたから。でも、わたしのほうの事情もわかってくださるでしょ？　あなたがインタビューの記事を書いたら……」

「ええ、エマ・キングさんにインタビューしたと書いたら、ご迷惑がかかるかもしれません。でも、わたしはエマ・キングさんではなくて、ジョン・ハワードにインタビューしたいんです」

ニッキーとエマは狐《きつね》につままれたような顔をしている。

スザンナは急いで言い足した。「つまり、世間ではジョン・ハワードが『過ぎ去りし時』を書いたと思っています。みんなが興味を持っているのはジョン・ハワードなんです」

「いうなれば、わたしを男性に仕立てるわけね？　でも、それじゃ人をだますことにならない？」

「それは、記事の取り上げ方によると思います。〈トモロウ〉のインタビュー記事は、いつも作品にポイントを絞っています。作家の私生活には触れません。記事にするのはあくまでも仕事に関係したこと……たとえば、作家になった動機とか、文壇にデビューしたきっかけとか、そんな話です」

「それで問題がなければ、書いていただいてもいいわね」エマはだんだん興味が出てきたらしい。「ただ、もうちょっと考えさせて。わたしは明日の朝家に帰るから、改めてあなたにお電話するわ。いいという結論が出たら、日を決めてお会いしましょう。それでどう？」

これ以上ごり押しするわけにはいかない。だいいち、今夜初めて知ったことを整理するだけで頭がいっぱいだ。

食事をしている間に、この謎《なぞ》めいた作家についてさらにいくつかのことがわかった。この調子で彼女の信用を得れば、大いに価値ある記事が書けるだろう。なんだかうれしくてわくわくする。

夜もかなりふけたので、スザンナは挨拶《あいさつ》をして席を立った。心残りだが、あまり遅くなってもいけない。ニッキーとエマはまだ仕事の話があると言う。込み合ってきたレストランの中を出口へ向かっているとき、ふと誰かに見られているような気がした。

ちょうど向かい側からウエイターがお菓子をのせた大きなワゴンを押してくる。脇《わき》へよけて立ち止まったところ、見られていると確信せざるを得なくなった。頭の後ろに焼けつくような視線を感じる。こんな薄気味悪さはこれまで味わったことがない。

絶対に振り返るまいと心に決め、スザンナはせかせかと歩き出した。しかし、ついていないときというのはこんなものだ。すぐ前の席にいたカップルが立ち上がり、しかも女性が不意に後ずさりした。危ない！　あわててくるりと後ろを向き、どうにか衝突はまぬがれたが、そのあとが問題だった。

目の前に彼がいたのだ。二メートルと離れていないテーブルにつき、グレイの目に軽蔑《けいべつ》の色を浮かべてこちらを見ている。軽蔑だけではない。その目にはなんとも形容しがたい不思議な光が躍っているのだ。意に反して彼の唇や肌の感触がよみがえり、かっと全身が熱くなる。

ハザードがいる……どうしてこんなところにいるの？　まるでわざと意地悪をしているみたいに、わたしの行く先々に現れるのね！

彼と同席している人々の姿がぼんやり目に映る。中の一人はブロンドの女性で、ハザードがよそ見をしているのでおかんむりの様子だ。彼の好きなタイプだわ。スザンナは苦々しく心につぶやいてくるりと背を向けた。

タクシーにおさまるとやっと気持が落ち着いた。ハザードに会ったくらいで取り乱してしまうとは、なんて情けない！　今のできごとは早く頭の中から追い出してしまおう。仕事中は彼を無視するわけにはいかないが、そのほかのときはきれいさっぱり忘れているべきだ。

思いどおり、そのあとハザードの顔は一度も頭に浮かんでこなかった。だが、人間には潜在意識というものがある。眠りについたとたんに、彼は夢の中に現れた。その姿形は実に生き生きとしていて、彼の手や唇が触れたときの感じまでありありとよみがえる。

スザンナは二度目を覚ました。体はじっとりと汗ばみ、足腰に妙なうずきが広がる。ハザードなんて大嫌い！　彼だってわたしを嫌っている。それでいながら、心と関係なく彼に惹かれていく自分をどうすることもできない。この不愉快な事実を、どう解釈したらいいのだろう？

4

「よお、スージー、きみの席がハザード・メインの部屋へ移ったんだって？　どういうわけだい？」

ジム・ニーヴスにきかれて、スザンナは部屋の前で足を止めた。彼の目つきを見れば、変な憶測をしているのがよくわかる。

入社したてのころ、ジムには何回かデートを申し込まれた。けれどデヴィッドに苦い思いをさせられた直後だったので、彼の厚かましい誘いに乗る気にはなれなかった。きっぱりはねつけたつもりだったが、この態度を見ると彼はこりていないのかもしれない。

「わたし……」

「スザンナには、ぼくのアシスタントをしてもらう」

不機嫌そうなハザードの声に、二人はびっくりして振り返った。ジムは、自分がほかの男に劣らず優秀で、将来有望だと思っている。言うまでもなく、いかにすぐれた女性と比べても数段上のつもりだ。それなのに、ハザードの声を聞いたとたんにぺこぺこし、そそくさと逃げ出してしまった。

「あれもきみに熱を上げている一人だな?」ハザードはジムを見送って言った。「一つはっきり断っておこう。きみが過去に社内でどれほどの男といちゃついていたとしても、ぼくは文句を言わない。ただし、今後はいっさいやめてもらう」

スザンナは言葉につまった。弁解したいが、そのためにはマミーの家での一件を持ち出さなければならない。〝あなたを恋人の代わりにする気などありませんでした。わたしには妻帯者の恋人もいません〟と言ったら、ハザードはなぜ嘘《うそ》をついたときくだろう。その質問には、まだ答えられない。

部屋に入ると、リジーは目も上げずにせっせとタイプを打っていた。わざとだろうか?他人の感情に敏感な彼女としては、充分あり得ることだ。おそらく、今のハザードの言葉が聞こえたのだろう。

奥の部屋で自分の机を見たときはショックだった。隅っこに置いてあるのかと思いきや、ハザードの机にくっつけてかぎ形に並べてある。電算機やワープロも設置ずみだ。

この位置なら、ハザードは簡単にスザンナの机をのぞくことができる。憎らしくも見事な監視態勢だ。

表側のドアが開いた。編集スタッフとは違ってハザードはきちんとした服装で出社するのが好きらしく、今日もすきのない装いをしている。地味なスーツのせいですらりとした体はいちだんと高貴な雰囲気を帯び、真っ白なシャツに浅黒い肌が映えてセクシーな魅力が漂う。くやしいが、見ていると背筋がぞくっとする。

「座りなさい。学生に逆戻りしたわけじゃないんだから」

何か言い返してやりたい。でも、我慢しなくちゃ！　スザンナはわざと立ったまま机の上のものをもてあそび、上目遣いに憎々しげな視線を投げた。

そのときドアが開き、リジーがハザードに声をかけた。「コーヒーをお持ちしましょうか？」

「ああ、頼む」

「あなたも、スザンナ？」

「彼女は自分で取りに行くからいい」

スザンナは机に目を落とし、屈辱に耐えた。くやし涙が込み上げる。少しして目を上げたとき、もうリジーの姿はなかった。

ハザードの机から、コーヒーのいいにおいが漂ってくる。たまらない誘惑だが、彼の目の前でコーヒーを取りに行く気はしない。スザンナは、辛抱強くハザードがほかの部の部長たちと朝の会議に出るのを待った。

スザンナが紙コップを持って戻ると、リジーは静かに言った。「相変わらずじめじめしてるわね。夏がこの調子じゃ、冬はどうなるのかしら？」いい秘書の例にもれず、彼女はよけいなことは言わない。

「本当ね。ほうぼうで洪水の恐れがあるんですって。今朝のニュースで言ってたわ」

伯母の家はレスターシャー州の小さな村にあり、土地は平坦《へいたん》で木などもあまりない。ひょっとしたら浸水でもしているのでは……。すぐに電話してみよう。私用電話はいちおう禁止されているが、リチャードはいつも見て見ぬふりをしてくれた。スザンナがそれに甘えるような人間ではないとわかっていたからだ。エミリー伯母はいつも火曜日の夕方からブリッジをし、そのあとはすぐ床につく。したがって、電話するなら今すぐがいい。

伯母は四回ベルが鳴ったところで受話器を取った。洪水の恐れはなさそうだ。河川の水かさは増しているが、危険な域には達していない、と言う。

エミリー伯母の姿が目に浮かぶ。きっちりと結ったまげ、頭のよさそうな青い目……。スザンナは子供のころ甘やかしてもらわなかったし、経済的にも楽ではなかった。だが、別の豊かさがあったと思う。伯母は野原を歩きながら野生の花や動物の名前を教えてくれた。編み物や縫い物を覚えたのも、ピアノが弾けるようになったのも、伯母のおかげである。よその子供がテレビを見ている夜のひとときを、伯母はこうした教育にあてたのだ。秋には遠くまで出かけていってベリー類を摘み、いろいろなジャムを作った。また伯母はパンを焼くのが好きで、家で食べるのはたいてい手作りのパンだった。そんなふうに小さいときから自然に女性としてのたしなみを身につけられたのは、なんといってもありがたいことだ。

話し終わって受話器を置こうとしたところへ、ハザードが入ってきた。とぼけるのが下手なスザンナは、ぱっと顔を赤らめた。自分が後ろめたい顔をしているのはわかっている。隠そうとしても隠せないのだ。

「私用電話だね？」彼はスザンナの顔から受話器へ目を移した。

「は、はい……。でも、リチャードは……」

いけない！　リチャードの名前を出したのは大失敗だった。ハザードは、ひややかな目でにらんでいる。

「まだそんなことを言ってるのか？　きみには良心というものがないのかい？　自分のしていることがわからないんだろう。それとも、わかっているけど平気なのかな？」

ハザードは机の脇《わき》に立って見下ろしている。なんとなく恐ろしい。襟首をつかまれてつまみ上げられるのではないだろうか？

震えそうになったとき、ハザードの机の上の電話が鳴った。彼は出たくなさそうだったが、結局しかめっ面をして電話に歩み寄った。

聞く気はなくても彼の話は聞こえてしまう。電話の向こうから流れてくるのは女性の声だ。

クレアの言うとおり、ハザードはカロラインや彼女の父親と懇意なのだろう。だからリチャードの話となると差し出がましい口をきくのだ。スザンナはリチャードの妻カロラインには何度か会ったことがあったが、三十代半ばのなかなかすてきな女性だ。見かけはやつんとしたブルネットで、家庭では実権を完全に握っているらしい。

リチャードは彼女に心からの愛情をささげている。そこがまた彼のいいところだ。

「よし」ハザードは電話を切って再び話し始めた。「ぼくが言いたいのは……」

今度はスザンナの机の上で電話が鳴った。出ようとすると、あきれたことに彼が手を伸ばして止め、自ら受話器を取ってしまった。

誰からだろう? ハザードはしばらく顔をしかめて聞いていたが、やがて受話器を差し出した。「ジョン・ハワードの秘書だそうだ。インタビューの日と場所を決めたいと言っている」

スザンナはどきどきしながら受話器を受け取った。〝秘書〟というのがエマであることはすぐにわかった。来週、ヨークシャーの彼女の家へ来てくれと言う。インタビューできるのはうれしいが、勇み足になってはいけない。

「その日で結構だと思いますが、いちおう編集長にきいてみます。あとでこちらからお電話してよろしいですか?」

電話を切るとハザードがたずねた。「ジョン・ハワード? 作家のジョン・ハワードかい?」

「はい。わたしの学生時代の友人が彼の本を出した出版社に勤めていまして……会えるようにしてくれたんです。この企画に取りかかってから、もうかなりになります」

「それじゃ、何をぐずぐずしてるんだ？　さっさと行けばいいじゃないか。相手をじらせたいのか？　きみみたいな人は、仕事のうえでも男をからかわずにいられないんだろう」

なんて失礼な！　だが、ここで怒ってはいけない。「ふざけないでください。わたしの一存では決められないから返事を延ばしたんです。わたしは編集長のアシスタントなんですから」

「そんなに気をつかわなくたっていいよ。ぼくにきみの正体がわかってる以上、ごまをすっても効き目はない。今の話だが、そのインタビューが取れればおそらく大スクープになるだろう。ただし、きみがこの仕事に適任だとは思えないね。学生時代の友人というのは……どうせ男だろう？」

「いいえ、女性です」スザンナは故意にやさしい声を出した。実にいい気分だ。

「ジョン・ハワードの電話番号を教えてくれ。ぼくが直接電話する。場合によってはぼくがインタビューをしてもいい」

またしても憤りが込み上げる。わたしがこんなに苦労して手に入れたスクープを、あっさり自分のものにするつもり？　どういう神経なの？　わたしは適任じゃない、ですって？　ジョン・ハワードがエマ・キングだという事実は誰にももらすまいと思っていたが、こうなったら考え直さなくてはならない。愛社精神からいっても倫理観からいっても、ここはフェアにゆくべきだ。事実を伏せてハザードに任せたら、おそらくインタビューは失敗するだろう。ハザードをつまずかせてやりたいのは山々だけれど、会社のためを思えば、そんなことはできない。

「最初にお話ししておかなくてはならないことがあります」仕方なく、スザンナはインタビューにこぎつけるまでのいきさつを残らず話して聞かせた。

「どうして、ぼくに話した？」ハザードは不愉快そうな目つきをし、口をへの字に曲げている。いかにも誇り高き男が屈辱を受けたという感じだ。

「お話ししておかなかったら、たぶんインタビューを断られるからです」

「驚いたな！　愛他主義か？　悪いが信じられないね」

我慢にも限度がある。生まれてこのかた、これほど侮辱的な扱いを受けたことはない。心の片隅で警告を発する声がするが、スザンナはいつしか耳を傾ける余裕がなくなっていた。

「そんな言い方ってないでしょう！　わたしが何をしたとおっしゃるんですか？」

「何をしたって？　よくもずうずうしくそんなことがきけるね。本当に答えを聞きたいのかい？　だったら言ってあげよう。きみは寂しそうな、ものほしげな目でぼくを見た。それだけじゃなくて、さもぼくを待っていたような様子を見せた。それでぼくがキスをすると、今度は全部芝居だったと言った。ぼくなんかほしくもなかった、ほかの男の代用品にすぎなかった、そう言っただろう？　そんな女は何をしでかすかわかったものじゃない」

残念ながら彼の誤解をとく方法はない。わかってもらおうとすれば、個人的なことをいろいろ知られてしまう。

「きみはいったいどういう神経の持ち主なんだ？　人の家庭は破壊するし、愛人が奥さんにかかりきりだと、平気で……」ハザードは途中で口をつぐみ、首を振った。「ぼくに言わせれば、他人の家庭を壊すのは最も軽蔑《けいべつ》すべき人間だ、男にしろ女にしろ」

「人は、愛してもいい相手ばかり選んで愛せるものでしょうか？　愛してはいけない人に惹《ひ》かれたことがないとしたら、あなたはよほど意志強固なかたなんですね！」

あとになって考えれば、よくこんなことが言えたものだと思う。しかし、このときは言い返さなければ腹の虫がおさまらなかった。

「惹かれた経験くらいあるさ」ハザードは無遠慮に見つめている。スザンナの全身は熱くなり、動悸《どうき》がしてきた。「ただし、ぼくはその誘惑に負けなかった。ものごとは長い目で見なくちゃいけない。ぼくのために夫を捨てるような女は、いつかぼくを捨ててほかの男に走るだろう」

「それであっさりあきらめられたんですか？　ずいぶん運がいいこと！」

「そういう意味じゃない。むろん、運がよかったとも考えられる。だが、それより夫を裏切る女というものにいやけがさしたんだ」

「運がよかったのでなければ、冷淡だってことですね」スザンナは目を伏せて仕事に取りかかった。彼の言うことはいちいちもっともだ。しかし、負けたと認めたくはない。

どうしてこんなばかな話をしてしまったのだろう？　初めから説明し直したくても、それは無理というものだ。あきらめよう。彼にどう思われようとかまわないではないか。

ある情報を確認するために外出して戻ってくると、ちょうどハザードが受話器を置いたところだった。

「来週の金曜日にヨークシャーへ行こう。ハワードのインタビューだ」

「わたしも行くんですか？」

「きみが行かなければインタビューに応じたくないらしい」

ハザードが不愉快なのは聞かなくてもわかっている。だが、スザンナも憂鬱《ゆううつ》だった。彼と一日じゅう一緒にいるなんて、考えただけでも虫酸が走る。

「早く出発するほうがいいな。七時半に迎えに行く。家はどこだ？」

やむを得ずスザンナは住所を教えた。いらいらするのはよそう。おおよそ快適でないドライブを経験するのはお互いさまだ。

再び電話がかかり、広告主からだった。宣伝部長に回したほうがよさそうな相手だが、ハザードはうまくさばいている。しゃくにさわるが、尊敬の念を抱かざるを得ない。

〈トモロウ〉の編集長というのはきつい仕事である。決して単なる名誉職ではない。スタッフの数が少ないので自ら飛び回らなくてはならないし、上からの圧力もかかる。マックことトム・マクファーレンは、部長連中がぐずぐずしていたら容赦しない。リチャードも義理の父親に叩《たた》かれ、ワンマン社長に過酷な仕事を強いられる、と嘆いていたことがある。

五時五分過ぎにかかってきた電話で、ハザードは文化部へ呼び出された。戸口に向かいながら、彼はスザンナに声をかけた。「一緒に来てくれ。その……ノートを持って」

いいえ、わたしは秘書じゃありません。スザンナは口まで出かかった言葉を懸命に抑えた。リジーはすでに帰ってしまった。わたしが行くしかないだろう。

昼食のときを思い出す。仲間たちは興味津々で、スザンナは質問をかわすのに苦労してしまった。格下げだなどと言うのはプライドが許さなかった。意外にも、ほとんどの人は見込まれて特別扱いされたのだと誤解し、うらやましがっている。

「油断は禁物よ」クレアが辛辣《しんらつ》なことを言った。「この次はベイルートへ送られるかもしれないから」

みんなは笑ったが、実際は笑いごとではない。ハザードは本当にわたしをベイルートかどこか危険なところへ送りたいと思っているだろう。

一日また一日と過ぎていく。仕事は今までになくきついが、意外にも全然いやではなかった。ときには楽しいとさえ思う。

間もなくわかったのだが、ハザードは編集の実務以上に〝監督者〟の立場を重視していて、部下の仕事をよく見ている。たまに彼がちらりとほめたそうな目つきをすると、スザンナはシャンペンを一本飲みほしたような気分になった。

編集スタッフは、だいぶ仕事中毒にかかっていると言ってスザンナをひやかす。

もとより地味だった私生活は、今やないに等しかった。自分の時間がないのだ。帰宅すればせっせと記事をまとめ、たいていそのかたわら夕食をとる。あとは二時間ほど読書をするか音楽を聴いて過ごし、ベッドに入る。朝が早いので夜ふかしはできなかった。

それなのにいつしかこの生活が合ってきて、ハザードと衝突するのさえ面白くなった。いつかの夜彼が見せた熱いまなざしを思い出せば、彼のあてこすりも気にならない。まるで、魔法の力が働いて守ってくれているかのようだ。

もちろん、今のハザードはスザンナをほしそうな様子などまったく見せない。けれど、彼に言い寄られた記憶は何より甘い痛み止めだ。

実際、ハザードのそばにいたら心の傷が絶えない。引きも切らず小言や皮肉が飛んでくる。ただ、おかしなことに編集スタッフのいる前でやられたことはない。したがって、みんなは相変わらずスザンナを羨望《せんぼう》の目で見ている。

「気をつけたほうがいいんじゃない？」スタッフの一人が言った。「そのうちベッドに誘われるかもしれないわよ」

「スザンナはハザードの恋人になるタイプじゃないわ」クレアが口をはさんだ。

「じゃ、どんな人ならいいの?」若い受付嬢がきれいな金髪をふわふわさせて身を乗り出した。

「三十歳くらいで、独身でも離婚歴があってもいいから、インテリで大人の女性。一番大事なのは、結婚したがらない人ってことよ。ハザードは好きな人に対してとても誠実だけど、つき合いは長続きしないわ」

「あなたどう? うまくいったらすてきじゃないの」仲間の一人がうらやましそうに言うと、ブロンドはぷんとして口をとがらせた。

木曜日、ハザードは八時になってようやく帰っていいと言った。明日は朝早くヨークシャーへ行くというのに! スザンナはいらいらしていることを隠そうと唇をかみ締めた。これから髪を洗い、明日着ていくものをそろえ、もう一度ファイルを読み直さなくてはならない。

種々雑多なことが頭の中を駆けめぐっているとき、ハザードがさりげなく話しかけた。

「正直言って、きみを見直したよ、スザンナ。ここ何日かめちゃくちゃ働かせたのに、きみは一言の文句も言わなかった。実に一生懸命に、しかもいい仕事をしてくれた」

スザンナは驚いて机の端に腰かけているハザードを見つめた。とたんに目は彼の引き締まった腿に吸い寄せられ、電流に似たものが体を貫く。とても不思議な、しびれるような感じ。いやだと思いながらも、彼を男として意識しているのだ。しかも、こういう気持を味わうのは初めてではなかった。彼のもとで働き出してから、何度も経験している。

「わたしが一生懸命働くとおかしいですか?」スザンナはわざとぶしつけな言い方をした。部屋の中には妙に甘い空気が漂っている。やさしい口などききたくない。

　部屋にいるのは二人きり。おまけに編集スタッフも全員帰ってしまった。ハザードが人事ファイルを詳しく調べたいと言うので、スザンナも残って手伝っていた。厳密に言えばこれはスザンナの仕事ではない。しかし、いやな顔をすると彼はますます面白がって仕事を押しつけるのだ。

「おかしくはないが、あまりらしくない。そうか、点数をかせいでいるわけか?」

「なんのためにです?」

「早く帰らせてもらうためさ。そうすれば、妻子のある恋人に会いに行ける。五時から七時っていうのが、一番つごうのいい時間なんじゃないか? 彼はそれから郊外の家に帰るわけだ」

　スザンナはかっとした。ハザードの言うことは、全部勝手な想像にすぎない。横柄な彼にきっぱりそう言ってやれたら、どんなにすっきりするだろう。けれど、プライドがあって事実を告げる気にはなれない。それに、自己防衛の気持も働く。事実を話してなんの役に立つのだろう? あの夜わたしは、ハザードを恋人代わりにしたと嘘をついた。そのあとも否定しなかったため、彼は依然としてわたしに既婚者の恋人がいると思い込んでいる。不倫などしていないとわかれば、彼はもっとやさしくしてくれるだろう。しかし、今のままのほうがいい。二人の間に架空の愛人という柵《さく》があるからこそ、安全なのだ。その柵の陰に隠れて……。

でも、なぜ柵が必要なの？　いや！　それには答えたくない。

ハザードは眉根を寄せて時計に目を落とした。真っすぐ彼を見ていなくてもその動きはわかる。

「さあ、出よう。夜のニュースに間に合うように帰りたいんだ。例のベイルートの誘拐事件が気になるのでね」

誘拐事件というのは、従軍記者が人質交換のために連れ去られた事件である。

「誘拐された人をご存じなんですか？」

なぜたずねたのか、自分でもわからない。たぶん仕事についてほめられたため、気がゆるんだのだ。あるいは、彼の目がわずかながら曇っているせいかもしれない。

「そうなんだ。何年か一緒に仕事をしていたことがある。妻子のある男で、子供は二人ともまだ小さい。ぼくはその一人の名付け親なんだ」ハザードは頭痛でもするかのように、こめかみをさすった。「ジェニーに電話したほうがいいな……」

スザンナは自分が邪魔者みたいな気持になった。ハザードは、そばに人がいるのを忘れているのではないだろうか？　友達の奥さんと子供たちのことがよほど心配なのだ。気づかれないうちにこっそり出ていきたい。ところが、知らぬ間に言葉が口から飛び出していた。「ジェニーって？」

明らかに失言だった。ハザードは我に返り、顔をしかめてスザンナを見つめた。またたく間に彼の目から心配そうな表情が消え、いつもの厳しい光が取って代わった。何かいやなことを言う前触れだ。

「イアンの奥さんだよ。誰が見ても最高によくできた女房だ。いろんな意味で、本当に女らしい女性と言っていい。リチャードの奥さんに似たところがある。リチャードの奥さんは知ってるだろう？　言うまでもないよな」

ハザードの言い方はなんとなくいやみがましい。なぜなのだろう？

スザンナはとまどいがちに答えた。「ええ……。いつか……お会いしました。感じのいい、やさしそうなかたですね」

ハザードはあとの言葉を待っている。もっと何か言わなくてはいけないような雰囲気だ。だが、これ以上言うことはない。

つと彼は口もとをゆがめ、耳ざわりな笑い声をたてた。「やさしい！　きみがそう思っていると知ったら、さぞや彼女は喜ぶだろう」

ハザードの考えていることが理解できない。なにもここでカロラインの話に夢中になる必要はないだろうに。しかし、彼が不機嫌なときは、よけいなことを言わないほうがいい。彼自身も懸命に感情を抑えているのだ。刺激して怒りを爆発させてはいけない。

「どうしても聞きたいことがある。きみみたいな女性がどうして他人の亭主を盗むんだ?」ハザードは不意につめ寄った。「なぜそんないやしい真似《まね》をするのか、ぼくにはわからない。一つだけでいいから、その理由を教えてくれ」

ハザードは、妻子ある恋人の存在を極端に気にしている。パーティーのときスザンナはごく軽い気持で口にしただけなのに、彼の受け止め方はいやに深刻だ。彼の性格から判断して妙だが、おかしいところはほかにもたくさんある。

インタビューの件がその一つだ。反対されるのを覚悟してジョン・ハワードの正体を伏せておきたいと言うと、彼はあっさりと賛成してくれた。他人の弱点についても、予想に反して温かい思いやりを示したことが何度かある。それでいながら、わたしの架空の恋人に関してはどうしてこう厳しいのだろう? 妻帯者と恋に落ちた愚かな女性は、世の中にいくらでもいるではないか。

もう終わったんだって言いなさいよ。心の中でささやく声がする。ちゃんと話せばいいじゃないの。彼の考えていることは見当外れですもの。けれど、やはり事実を話すことはできない。

「何もないのかい? 残酷なのは生まれつきか? うるわしき肉食動物ってわけだな。

〝三つ子の魂百まで〟とはよく言ったものだ！」

　ハザードのハンサムな顔を見上げて、スザンナは胸の内でつぶやいた。あなたの言うとおり肉食動物ならよかったわ。そうしたら、鋭い爪であなたのきれいに日焼けした顔を引っかいてやるのに！

　なんて恐ろしい想像をするの！　スザンナは自分の考えにショックを受け、くるりと背を向けた。

「どうしたんだ？」ハザードはすぐそばへやって来た。うなじに彼の息がかかり、背筋を震えが駆け抜ける。なぜこうまでハザードに弱いのだろう？　問題はそれなのだ。事実を話せない理由もそこにある。さらに悪いことに、彼のそばで仕事をしている間にだんだん嘘をつくのが難しくなっていく。そのうちきっと作り話はばれてしまうだろう。

「最近はあまり会ってないんだろう？　ぼくがこき使うからな。彼に会いたいかい？　ベッドの中でじりじりしてるんじゃないのか？」

　抑えようもなく体が震える。ハザードの低い声が背後からおおいかぶさり、すっぽりと全身を包み込む。振り返って彼の顔を見たい！

「これ以上聞きたくありません。帰らせていただきます」スザンナは彼に背を向けたままドアに突進した。顔がほてり、自己嫌悪を感じる。ほんの一瞬だが、とんでもない映像が目の前にちらつき、足がふらふらしかけたのだ。どうしてこんなばかげた現象が起こったのだろう? 自分がベッドに横たわり、かたわらで裸の男がうずくまっていた……。ぼんやりしていて誰かはわからなかった。ただ、男としてのハザードの魅力がこうした幻想を作り出したのは明らかだ。

幸い彼は追ってこなかった。後ろでぽつりと一言言った……。「彼をあきらめさせてやるからな、スザンナ」

スザンナは足を止め、目を大きく見開いてハザードを振り返った。彼が本気で言っているのはわかっている。その点は驚くにあたらない。わからないのは、なぜかということだ。

「なぜです?」

自分が声に出して言ったとは気がつかなかった。それがわかったのは、ハザードがつかつかと近寄ってきたからである。

「ぼくなりにいいことをしたいから、と言っておこうか。家庭を破壊するのは社会悪だ。その社会悪撲滅運動をしたいんだよ。よく覚えておくがいい。何があろうと、きっとやめさせてやる!」

ハザードの電話が鳴った。彼が机に戻るのを尻目に、スザンナは部屋から逃げ出した。

5

目覚ましが鳴った。昨夜なかなか寝つけなかったスザンナは、口の中でぶつぶつつぶやいた。もう起きるの？　寝たばかりだというのに。だが、そこではっと今日の予定を思い出し、あわててベッドから出た。

あと一時間でハザードが来る。急いでシャワーを浴びなくては。

刺すような水しぶきを受けているうちに、だんだんと目が覚めてきた。ぬれた髪をふくと、こめかみの巻き毛がぴんとはね上がる。でも、ブローしている時間はない。あきらめてさっさとはき古したジーンズに脚を通す。

ラジオからはちょうど天気予報が流れてきた。雨量はいちだんと増し、北部ではぐっと気温が下がると言う。薄い木綿のブラウスに厚手のトレーナーを着ていこう。化粧水をつけ、軽く化粧をし……これでだいたい支度は整った。

台所ではパーコレーターが音をたて、コーヒーのいいにおいが漂ってくる。朝はコーヒーを飲まないとどうも調子が出ない。

魔法びんを持って出ようか？　ハザードからは何も聞いていないが、長い道中どこにも寄らないとしたら持っていったほうがいい。どこかにしまってあるはずだけど……。捜してみると、戸棚の奥に入っていた。スザンナはせかせかと魔法びんを洗い、熱いコーヒーを入れた。

ラジオが時刻を告げた。急げばトーストの一枚くらい食べられる。パンをトースターに入れて駐車場をのぞいてみたが、ハザードの車が止まっている様子はなかった。駐車場はほかの住人と共同で使っているのだが、木が植えられきれいに整備されている。

このフラットに入居できたのは幸いだった。ロンドンへ出ると決めたときは、一間だけのアパートで我慢するつもりだった。しかし、その話を聞いたエミリー伯母が意外なことを言い出した。伯母はスザンナの両親の死後、一家が住んでいた家を売却し、そのお金を投資に回した結果、今では相当な額になっていると言うのだ。結局伯母が手堅く殖やしてくれていたおかげで、フラットに加えて中古車まで買えたのである。

この一角には、かつてはヴィクトリア様式の大邸宅が建っていた。周囲の木々はそのままになっており、フラットは退職者夫婦が所有している。スザンナは引っ越してきてすぐ、自分の手で室内装飾をした。デヴィッドとの関係を清算したあと、眠れない夜の時間をつぶすにはちょうどよかったのだ。

台所の壁は明るい黄色に塗り替え、窓には細い縞《しま》のオーストリア風ブラインドをつけた。

ブラインドも手製である。こうしたことができたのも、エミリー伯母がいい家庭教育をしてくれていたからだ。

ときおり調子が悪くなるトースターが煙を出し始めた。スザンナは声をあげて駆け寄り、プラグを抜いてパンを取り出した。と、ドアをノックする音！ 反射的に窓から外を見ると、駐車場にスマートな黒いジャガーが止まっている。

ハザードに部屋まで来てほしくなかった。車が見えたらすぐに飛び出し、外で会うつもりだったのだ。けれど、もう間に合わない。

ふくれっ面をしてドアを開けたところ、ラフな格好をしたハザードが立っていた。色あせたジーンズがぴったりと腿を包み、いやでも目を引きつける。スザンナは顔を赤らめ、中へどうぞと身ぶりで示した。幸い玄関は薄暗いので、彼には顔色までわからないだろう。

「ちょっとジャケットを取ってきますから待っててください。すぐ来ます」

ところが、ハザードは台所までついてきてしまった。辺りには焦げたパンのにおいが漂っている。「トースターの具合が悪いのかい？」さらに彼はパーコレーターを見て言う。

「きちんと頼めば、一杯ごちそうしてくれるんだろうね？」

まさかいやだとは言えない。スザンナはむっとしてマグを取り、コーヒーを注《つ》いだ。

ハザードは自分の家にいるかのようにゆったりしている。なんだか妙な感じだ。彼はスツールを引き出して腰を下ろし、窓の外に目をはせた。

「いいフラットだね」

「ええ。言われないうちにお断りしておきますけど、愛人が買ってくれたんじゃありません。遺産で買ったんです」

「かなりな遺産だね」ハザードは立ち上がり、縞模様のブラインドに手をかけた。「こういうものは決して安くない」

「自分で作ったのでお金はかかってません」

スザンナは体をこわばらせた。腹が立つのも事実だが、正直に言えばとまどいを感じるのだ。そもそも誰かと朝のひとときを過ごしたことなどない。ましてや男の人とは。ハザードが身内みたいな顔をして台所を歩き回っているのを見ると、なんだかどぎまぎしてしまう。

「早く出発するほうがいいんじゃありません？　道が込まないうちに……」

「そうしよう」ハザードは魔法びんを見て、いぶかしげな顔をした。

「途中で休憩するのかどうかわからなかったもので、コーヒーを入れたんです」

「それはいい。天気予報が当たれば必要になるかもしれない」彼はぽかんとしているスザンナを見て言い足した。「家を出る前に予報センターへ電話したんだ。ヨークシャーは今日と明日、暴風雨の恐れがあると言っていた」

ハザードがコーヒーを飲み終わったので、スザンナは二人分のマグを流しに運んだ。エミリー伯母には、きちんと台所を片づけてから出かけるようにしつけられた。したがって、昔から朝の後片づけは欠かしたことがない。マグを洗っていると、驚いたことにハザードがさりげなく言い出した。

「ふきんはどこだい？　ぼくがふくよ」

あまりに意外だったので返事もできず、スザンナは黙ってふきんを手渡した。

「不思議な気がするな。きみが家事をしている姿なんか想像できなかった」

「あら、どうしてです？　妻子ある愛人がいるからですか？」

いけない。また変なことを言ってしまった。なぜいつもこう、うかつなのだろう？　ハザードは不機嫌な顔をしている。これからしばらくは彼と二人で狭い車に閉じ込められるのだ。この調子では先が思いやられる。せっかくいいムードだったのに、デヴィッドの話を持ち出して機嫌をそこねてしまうとは、とんだへまをしたものだ。

「バスルームを使っていいかい？」

思いがけないことを言われてスザンナは一瞬びっくりしたが、すぐにうなずいて彼を案内した。

フラットには寝室が一つしかなく、バスルームはその続きにある。入居したときに洗面台やトイレットなどすべて淡いピンクで統一したので、いかにも女性のバスルームという感じがする。

ベッドは十代のころから使っているシングルベッドを持ってきた。ベッド脇《わき》の椅子には、一歳の誕生日に贈ろうと両親が買っておいてくれたぼろぼろのテディベアが置いてある。

スザンナはジャケットを玄関に出し、ハザードを待った。お金、ノート、テープレコーダー、その他必要なものは全部そろっている。いつも持ち歩いている大きな革のバッグの中だ。

戻ってきたハザードは、何か考えごとでもしているのかぼんやりしていた。

ジャガーは二人乗りだった。後ろに乗ろうと思っていたのに、これでは隣に座らざるを得ない。顔をしかめてドアに手を伸ばすと、ハザードが横からさっと手を出して開けてくれた。その瞬間、手が触れ合い、スザンナは電流に打たれたように動けなくなった。

「きみの恋人って変わった人だね。ダブルベッドも買ってくれなければ、車のドアも開けてくれないのかい？」

スザンナはちょうど体をかがめたところだった。ハザードから顔が見えないのは何よりありがたい。うっかり忘れていたが、あの小さいベッドに二人寝るのはとても無理だ。

「ああそうか。彼は泊まっていかないからいいんだな」ハザードは運転席に乗り込んだ。

「スザンナ、独り占めにできる恋人がほしいと思ったことはないのかい？　ほかの女性と一人の男を共有するなんて……しかも日陰の身でいるなんて、いやだろう？　罪の意識はないのか？　このまま……」

「もう終わったんです。彼には会っていません」

スザンナも自分の言ったことにショックを受けたが、ハザードもびっくりしたらしい。エンジンをかけようとしていた彼は、手を止めて振り向いた。

「なんだって？」

「終わったんです。もう彼とは……」

スザンナの声は震えていた。妙に緊張した空気が流れていて怖くなる。

「終わった？」

ハザードは信じられない様子できき返した。それはそうだろう。どうしてそんなことを言ってしまったのか、スザンナ自身わからない。二人は今、恋人同士のように見つめ合っている。恋人……とたんにかっと全身が熱くなり、意に反してパーティーの夜を思い出す。あのときのハザードの手の感触、甘いキス……。

「いつだ？」ハスキーな彼の声に、スザンナははっと我に返った。

ハザードに事実を言ってはいけない。しかし、今ごろ気がついてももう手遅れだ。

ハザードには怖いほどセクシーな魅力がある。これまでもずっとそう思っていたが、今はいちだんと彼の中に男を感じる。こんな人とはかつて接したことがない。デヴィッドには、ハザードのような強烈で危険な魅力がなかった。ときおり気ままにデートしていた男の子たちにいたってはなおさらだ。

「なぜ、もっと前に言わなかった?」

遅いとはわかっていたが、スザンナはよそよそしい声で弁解した。「申し上げる必要はないと判断したからです。あなたはわたしの上司であって、保護者ではありませんから」

これ以上追及されるのはお断りだ。前を向いて目をつぶってしまおう。

しかし、目を閉じても依然としてハザードの存在が気になる。いや、ある意味ではかえって意識してしまう。彼特有のにおいが鼻をくすぐり、体のぬくもりまで伝わってくる。ハザードは車をスタートさせた。ところがギアを変える彼の腕が偶然スザンナの腿をなで、彼女はまたしても全身がしびれるような思いを味わった。

「スザンナ」

いつもは厳しいハザードがいやにやさしい声で呼びかける。驚いて目を開けると、想像もしなかったほど温かい彼の目にぶつかった。

「最初からやり直さないか? 今までのことは、ご破算にして」

女としての自衛本能が、承知してはいけないと警告する。〝この男はあなたに魔法をかける危険人物よ〟言われるまでもない。それはわかりすぎるくらいわかっている。こんなふうに誰かに惹《ひ》かれたことはないのだから。今の時点では、ハザードはその事実に気づいていない。だが、気を許したら……思わず身震いすると、すかさず彼がたずねた。

「寒い? ヒーターを入れよう」

一瞬妙な思いが頭をかすめた。ハザードと特別な間柄になったらどんなだろう？　彼に好かれたら……あるいはかわいがられたら？　いいえ、そんなことを考えるのは断じてやめよう！　スザンナはただクールに笑みを返した。

「どう？　一から出直すんだ。いいだろ？」

なんと答えたらいいだろう？　断るのは失礼だし、危険でもある。

スザンナはうなずいた。急に胸がいっぱいになり、口がきけない。人生における一つの大事なピーク、不可解にして重大なピークを迎えたような気がする。それをはっきり感じていながら、同時にそんなことはないと思いたい。

「今のはイエスの意味かい？」

ハザードはふざけているのかと思うほど気軽に言う。どう受け止めてどう答えたらいいのだろう？

「ええ」

「よし」

車はいつしか止まり、ハザードの顔が近づいてくる。グレイの目に魅入られているうちに、彼の手がハンドルを離れて体を抱き寄せた。甘い愛撫《あいぶ》……薄いブラウスを通して伝わってくる彼の手の温かみ……不思議な感動に体がおののく。

「やめて……やめてください」

何をやめてほしいのか、自分でもわからなかった。頭がからっぽで働かない。

ハザードの唇がそっと触れる。そのとき、のぼったばかりの太陽がまぶしく大地を照らすように、スザンナは突然あることをさとった。ハザードとの間に距離を保ちたかったのは、彼を愛しているからなのだ！

ショックで目を閉じ体を引いたのだが、ハザードはいちだんと腕に力を入れ、激しく唇を押し当ててくる。喜びに胸が躍り、スザンナは体の力を抜いて彼に唇をゆだねた。もう、何もわからない。いつまでもこうしていたいだけ。その思いが伝わったのか、ハザードは喉の奥で満ち足りたような低い声をたてた。

デヴィッドが与えてくれなかったものを与えてくれる人が、今ここにいる。精神的にも肉体的にも幸せにしてくれる人が！

「初めて会ったときから、きみをぼくのものにしたかった。わかってたかい？」

ハザードが口を寄せてそっとささやく。夢を見ているよう……胸をまさぐる彼の手……。喉の奥からもれる悩ましい声……それが自分の声だと気づき、スザンナはびっくりした。まるで別の次元に遊んでいるみたいだ。再びハザードの唇がやさしく触れ、うれしさに体が震える。

「きみはわかっていないんだ！　ここしばらくぼくがどんなに悩んだか、全然知らないだろう？」

悩んだ？　わたしをあなたのものにしたかったから？　わたしが奥さんのいる人とつき合っていたから？　だが、それをたずねる勇気はない。

わたしがまだデヴィッドとつき合っているふりをしたのは、こうなるのが怖かったからだろうか？

今はとてもそうとは思えない。ハザードの胸の中にいるのは、怖いどころか無上の喜びだ。自分はこのために生まれてきたのだという気さえする。これ以上人生に望むものはない。

震えて応《こた》えるスザンナを、ハザードはいっそうぴったりと抱き寄せた。

「きみにはマゾの傾向があるんじゃないか？　よりにもよってこんなところで人をかっとさせるなんて……。ここじゃ、きみを抱くわけにいかない。せめて例の作家に会いに行く予定がなければ……」

わたしを抱く？　その言葉の意味が体の中にしみ渡り、熱いものをかきたてる。

「わかってる。ぼくもきみがほしい。だが、ここでは……」ハザードは顔を上げ、熱っぽい目でスザンナを見つめた。「きみがこうしたんだよ」

彼はスザンナの手を取り、自分の体に押し当てる。スザンナがぱっと赤くなると、彼は笑い声をたてた。

「恥ずかしい？　そんなことはないだろう？」

スザンナは、つと現実に目覚めた。ハザードはわたしが男性経験豊富な女だと思っている。でも、実際は……。

「きみをベッドに連れていきたいが、今はそんなことをしていられない。どう？　今夜、一緒に食事しないか？」

スザンナが黙っているのを、ハザードは承知のしるしと受け取ったらしい。無理もないわ。熱くなったところを見せてしまったんですもの。スザンナは自分の席に戻り、乱れた髪をかき上げた。

ハザードは車を出しかけたが、すぐにブレーキを踏んだ。何かにぶつかりそうになったのだろうか？　彼は口を引き結び、燃えるような目で見つめている。

「どうしたんですか？」

ハザードの視線を追って初めて理由がわかった。手を上げて髪を整えているため、薄いブラウスが引っ張られて胸の形がくっきりと浮き上がっているのだ。まるで見てくださいと言わんばかりに。

ハザードはさっとスザンナを抱き締め、手で胸のふくらみを包み込んだ。それだけではない。親指を何度も胸の上にすべらせ、続いてそこに唇を押し当てた。ブラウスとブラジャーを通して、彼の唇の温かみが伝わってくる。スザンナは彼の頭を抱き寄せ、豊かな髪の中に指を差し入れた。

道路を走る車が、けたたましくホーンを鳴らして二人を現実に引き戻す。ハザードは心残りな様子で手を離し、乱れた息づかいでハンドルの前に戻った。彼の肌は汗ばみ、コロンの香りが車内を満たしている。かつてはハザードが怖かった。しかし、今は彼を抱き締めたい。スザンナは自分の気持の変化にショックを受け、冷静になろうとあせった。

「行こう。早くインタビューをすれば、それだけ早く二人きりになれる」

それからは、当然ながら和気あいあいとしたムードですべてが進んだ。幸い道も込んでいなかったし、ハザードは運転がうまかった。なんの心配もせずに乗っていられる。途中で一度車を止めてコーヒーと軽食をとったが、二人ともゆっくりする気になれず、すぐに出発した。

仕事をしているときの気分を取り戻すために、スザンナはエマ・キングに関してこれまでに知り得たことを報告した。ハザードはスザンナの私生活についても聞きたいらしく、なにかと問いかけてくる。しかし、その点はあまりはっきり答えたくなかった。彼をあざむいていたのを知られては困る。

むろん、いずれはわかってしまう。ハザードと恋人同士になるのは時間の問題だ。そうなったらなったでいい。二十四歳の活動的な女性に男性経験がないとしても、別におかしくはないだろう。彼が事実を知ってどんな顔をするか不安だが、今はよけいな心配をせずに彼とのつき合いを楽しみたい。

天候はしだいに悪くなる。車の中にいると激しい雨足も風のうなりもさほど気にならないものの、実際はかなり深刻な状態らしい。ハザードがラジオのスイッチを入れたのでわかったのだが、ヨークではウーズ川の水位が上がり、ところにより洪水の恐れがあると言う。

眉根を寄せてニュースに耳を傾けながら、ハザードはラジオのボリュームを上げた。きれいな手……ついじっと見てしまう。指は長くて細く、爪はきちんと切ってある。

ハザードに対する恐れや憎しみが何に根ざしていたのか、今でははっきりとわかっている。まったく別の激しい感情が心の奥にひそんでいたのだ。目の前に立ちふさがっていた扉が開き、新しい世界が開けたような気がする。

デヴィッドには、なぜかいつも気を許せなかった。安心して感情をぶつけることができなかったのだ。それに反し、ハザードは信用できる。冷たい風の吹く戸外から暖かい室内に入ったときの感じ、とでも言ったらいいだろうか？

両親を亡くして以来、スザンナはこのようなほのぼのとしたものを感じたことがなかった。エミリー伯母はすばらしい人で、立派に親代わりをしてくれた。けれど、その育て方は厳しく、冷たいところさえあった。伯母自身が厳しく育てられたからだろう。たまたま温かいものに触れてみて、何が伯母との生活に欠けていたのかやっとわかった。

「おとなしいね。どうしたんだ？」

ハザードの顔には本当に心配そうな表情が浮かんでいる。スザンナは首を振った。

「なんでもありません。急にいろいろなことが起こったので……ついていけないんです」

「きみよりぼくのほうが前からこうなるとわかっていたらしいな。だが、きみの気持はわかる。きみに会う前、ぼくは何も……」ハザードは話半ばで口をつぐんだ。頬にわずかに赤みが広がっている。一瞬彼が見せた目つきは、後ろめたさの表れだ。デヴィッドの目の中に何度も見ていたので、見まがうはずはない。「地図を調べてくれないか？　この道でいいと思うんだが」

ハザードもことのなりゆきにいくらかとまどっているようだ。スザンナは気持が楽になり、地図を取り上げた。

エマ・キングは人里離れた農家に住んでいる。場所はヨークを取り巻く平野の外れだ。車の窓から見えるウーズ川は、水かさが増して不気味な様子を呈している。

「バイウォーターっていう標識がないか？」ハザードはスピードを落とし、地図をのぞき込んだ。そのはずみに手が触れ合い、スザンナの胸は喜びに高鳴った。

手が触れたくらいでこんな調子では、彼に抱かれたらどうなることか……。

「よし。間違ってはいないだろう。いずれにしても四、五キロの話だ。きみ、大丈夫かい？」ハザードの口調は今までになくやさしい。体の芯《しん》からとけてしまいそうな気がする。

「え、ええ。大丈夫です」

甘い想像をしていた自分が恥ずかしくなり、今度はスザンナが顔を赤らめた。

ハザードをこの腕で抱き締め、素肌に手をすべらせたらどんな感じだろう？　あの日焼けは全身にわたってなのだろうか？　体の奥から熱いものが広がってくる。

「スザンナ」

スザンナはぼうっとしたままハザードを見上げた。

「だめだ。そんな目で見ないでくれ」

ハザードは懸命に感情を抑えている様子だ。たちまち動悸《どうき》が激しくなる。スザンナはこれまで、なまめかしさとか女っぽさとかいうものが、自分にあるとは思っていなかった。

「きみを抱きたい。思いっきり抱いて……全部ぼくのものにしたい。きみも同じ気持だと思う。そうだろう？」

「ええ」

ハザードの目の色が濃くなり、ぎゅっとハンドルを握る。「ここで妙な気持にさせるなんて罪だよ。わかってるかい？」

スザンナはただ黙って彼を見つめるしかなかった。と、次の瞬間標識が目に入った。

「あった！　あの標識……」

ハザードは通り過ぎそうになり、急いでハンドルを切った。ぼんやりしていてはいけないわ。スザンナも胸に迫っていた感情を押しのけ、周囲に注意を向けた。

やがて、エマ・キングから聞いていた小さな村を通過した。川の水はすでに土手の縁まで押し寄せ、何人かの村人が不安そうに川面を見つめている。

エマの家は村から十キロほどのところにあり、石造りでややだだっ広い感じがした。辺りの田園風景は晴れていたらさぞや美しいだろうが、今はしのつく雨にかすんでいる。

白塗りの門は開いていて、ハザードは真っすぐ車を乗り入れた。車が止まるやスザンナは降りようとしたが、彼はいち早くそれを止めた。

「彼女がドアを開けてくれるまでここで待っておいで。この降りじゃ、びしょぬれになってしまう」

そのとおりだ。ハザードは玄関に駆け寄り、ドアを叩《たた》いた。

返事がないらしく、少し待って彼はもう一度ノックした。ちらりと時計を見ると、約束の時間に五分と遅れていない。長距離を走ってきたにしては優秀だ。どういうわけだろう？　エマは約束を忘れるような人ではないのに。

「裏へ回ってみるよ」ハザードが大きな声で呼びかける。「古い農家っていうのは壁が厚いから聞こえないんだろう。裏口にベルがあると思うんだ」

間もなくハザードは戻ってきた。

「大変だ。彼女が倒れてる。うっかり動かすわけにはいかないから、どの程度のけがかわからない。川を見に出て転んだらしいんだ。家のすぐ裏が川だからね。きみ、彼女のそばにいてくれないか？　ぼくは車で医者を呼びに行ってくる。電話するより早いだろう」

「ええ、わかりました」スザンナは不安に駆られ、彼に続いてせかせかと裏へ回った。エマは敷石の上に横たわっている。

「トランクに小さな敷物が入ってるから持ってくるよ。もうぬれちゃってるけど、それでも何かかけておくほうが……」

「ものでも置いてあるような言い方をしないでちょうだい」

よかった！　エマは口がきける！

「動かないでください」スザンナは、起き上がろうとするエマに言った。「ハザードがお医者さまを呼びに行きますから」

「たぶん、捻挫《ねんざ》しただけよ」エマは体を動かして顔をしかめた。「ばかなことをしたわ。ブーツにはき替えればよかったのに、ハイヒールのまま出てきたりして！　天気予報でウーズの水がどんどん増えてるって言うもので、ちょっと見に来たのよ」

「まだ洪水の恐れはないんでしょう？」

「ここではね。でも、村は危ないわ。このくらいの雨で水浸しになったことが何度もあるの。こういうときは、村じゅう総出で防災作業をするのよ」エマは痛そうな顔をしてぎこちなく足首を動かした。

ハザードは敷物を持ってきて、そっとエマの体にかけた。「急いで行ってきます」

彼が車で出ていくと、エマが言った。「頼りになりそうな、すてきなかたね」

「うちの編集長です」スザンナはエマの視線を避けた。まだ、彼が好きなことを人に知られたくない。

もどかしいけれど、エマのそばにいてもできることはなさそうだ。せめて、話でもして気をまぎらせてあげよう。ただ、雨の中に寝かせておくのは不安な気がする。普通でさえ寒いのに、けがをしていて若くもないエマをこうして……。

「心配しないで。わたしは頑丈なんだから」エマにはスザンナの心が読めたとみえる。

そこへ車の音がした。「ハザードだわ」スザンナはほっとしてつぶやいた。

「バーンズ先生も……あの車は、たしか先生のよ。この前会ったとき、マフラーを取り替えるんだとか言ってたわ」

医師とハザードはエマを寝室に運んだ。階下に残ったスザンナは、旧式なボイラーの火が消えかかっているのに気づいた。エマによればこの辺りはまだガスが引けていないという。外へ出てみると、燃料が置いてある納屋はすぐにわかった。子供のころを思い出す。エミリー伯母の使っていた気まぐれボイラーは、定期的に固形燃料を補給しなくてはならなかった。

燃料補給がすんだので、次はお茶の支度にかかった。古いレンジを使いこなすのも簡単だった。やはりエミリー伯母のレンジそっくりだったからだ。

バーンズ医師は背が高くほっそりした女性で、年は三十代半ば。顔にはだいぶ疲れが見える。

「まあ、よくここのレンジが使えましたね！」医師はスザンナが差し出すお茶を見て、感心したように言った。「あれには本当にてこずるんですよ。電気かプロパンガスに替えなさいって、再三エマに言ったんですけど、彼女は聞かないんです。ところでけがの話ですが……足首を捻挫しただけで大したことはありません。いちおう入院させて検査するほうがいいと思うんですが、本人はいやだって言うんです。なにしろ頑固な人ですから、説得してもだめでしょう。正直なところ、寝ていなさいと言っても寝ているかどうかあやしいものです。いずれにせよ誰かついていないと無理ですから、ヨークにいる姪《めい》ごさんを呼ぶことにしました。ただ、今はご主人と一緒に出かけていて、明日の午後にならないと帰らないんです」

「でしたら、それまでわたしがいます」

考える前に言葉が飛び出してしまい、スザンナは後ろめたそうにハザードの顔を見上げた。上司である彼にまず相談すべきだったのだ。それに、彼はこのボランティア精神を快く思わないだろう。

「もっといいアイデアがある。ぼくたち二人でここにいよう」

「そうしていただけるなら……」バーンズ医師はほっとした表情を見せた。「でも、かなり非文化的生活ですよ。電気は来ていますけど、この風ではきっと停電するでしょう。ランプを使うようなことになってもいいですか？　もしお帰りになるのでしたら、どこかで看護師を捜してきますわ。もっとも、あてはないのですけれど」

「我々がここにいます」ハザードがきっぱりと答えた。「エマを一人にしてはおけません」

「いいお友達を持ってエマも幸せだこと」医師はハザードににっこりし、立ち上がった。

彼は今日初めてエマに会ったばかりですよ！　スザンナは心の中で叫んだ。

ばかみたい！　わたしはやきもちをやいているんだわ。バーンズ先生とハザードが笑顔を交わすだけでもかっとするんですもの。

「それでは失礼します、まだ何軒か行かなくてはならないところがありますので。ごちそうさま」バーンズ医師はスザンナに向かってほほ笑んだ。しかし、ハザードに見せたほど温かい笑顔ではない。「あなたなら、きっとあのボイラーを手なずけられるわ」

ハザードと二人きりになると、スザンナはそわそわし始めた。「階上《うえ》に行って、エマにわたしたちが泊まるって言ってきます」なんだか妙に照れくさく、言葉もうまく出てこない。

「一緒に行こう。ひょっとして彼女が言うことをきかないかもしれない」ハザードは笑って台所のドアを開け、スザンナの腕を取った。「きみにはびっくりしたな。こんなに心が広くて、やさしくて……女の鑑《かがみ》みたいな人だとは思ってもみなかった」

「おほめにあずかって光栄です。本当にそう認めてくださるんですか？」

つんとして言ったスザンナだが、ハザードが顔を近づけてくるや冷静どころではなくなった。

「認めるとも」ハザードはゆっくりと唇を重ねた。心をとかすキス……浴槽のお湯の中に沈んでいくみたい……スザンナはうっとりしてキスを返した。やがて、残念そうに手を下ろしながらハザードが言った。「これがハザード・メインの認め印だ。きみにはもうぼくの印が押してあるんだよ」

彼の目は、言葉より雄弁に熱い思いを語りかける。二人だけでこの家にいるのなら……。でも、実際は違う。二階にエマがいて、これからどうなるか心配しているのだ。エミリー伯母に植えつけられた責任感は、簡単に捨て去れるものではない。スザンナはくるりときびすを返し、階段に向かった。

6

ハザードとスザンナが泊まると聞くと、エマはそれには及ばないと言った。しかし、内心ほっとしたのがわかる。

戸棚にも冷凍庫にも充分食料が入っているので、食べ物には困らないとエマは言う。

「でも、温かいものが食べられるかどうかは疑問よ。なにしろうちのレンジは……」

「ご心配なく。わたしのところもああいうのを使っていたんです」

「冷蔵庫にチキンが入ってるの。お昼に食べるつもりだったんだけど、夕食に回したらどうかしら？」

「ええ、そうしましょう。ほかにご用はありません？　読みたいものでもあればお持ちしますけど」

バーンズ医師は、眠れるように鎮静剤を与えたと言っていた。しかし、それは言わないほうがいい。知ったら、エマは無理して眠るまいとするだろう。

「いいえ、いいわ。なんだかとてもだるいの」

「でしたら、ゆっくりおやすみください」

「どうぞ楽にしていてね。申しわけないけど、うちには男物のパジャマがないのよ。主人はパジャマって着なかったものだから。シーツと枕《まくら》カバーは乾燥用戸棚に入ってるわ。それから、ネグリジェは隣の部屋にあるのを使ってちょうだい。たんすの一番下の引き出しよ。姪《めい》からのプレゼントなんだけど、わたしの趣味じゃないので着てないの。最近はもう暖かいパジャマ一辺倒。冷え性なものですからね。亡くなった主人にも、よく足が氷みたいだって言われたわ」エマはため息をついてあくびをした。この分なら、二分とたたないうちに眠ってしまうだろう。

スザンナが階下へ下りると、ハザードが言った。「書斎に電話がある。別に社にかける必要はないが、週末の予定があるのなら……」

「わたしのほうは何もありません。あの……用事がおありなら、お帰りになってもいいんですよ」本当は帰ってほしくない。どうも声の調子にその気持が表れてしまう。「わたし一人でも、なんとかなると思います」

「いや、ぼくもいるよ。面白いじゃないか」ハザードはにやりとした。「野中の一軒家に二人で泊まったと知ったら、みんなはなんと思うかな?」

レポーターたちは想像力が豊かだ。何を言われるかは考えるまでもない。スザンナはほてる頬に手を当てた。

「気にすることはない。誰にもわかりはしないさ」ハザードは不意に真顔に戻った。

「すみません。冗談が通じなくて……」なんてつまらない言いわけをしているのだろう？　ますます顔が熱くなる。彼の前でしたたか者のふりをしたことが恥ずかしい。

「まったくきみにはびっくりするよ。海千山千かと思っていると、急にはにかみ屋の小娘になったり……」

スザンナは無理に笑い声をあげた。「女性はみんなそうじゃありません？　誰でもカメレオンみたいなところがあるんです」

ハザードはふと思いついたように言った。「湯沸かしを見ておくほうがよさそうだな」

「大丈夫です。さっき燃料を足しておきましたから。そろそろ、チキンの支度にかからなくては」

「それじゃ、ぼくは川を見てこよう。バーンズ先生によれば、村は水浸しになる恐れがあるそうだ。そうなったら、ぼくらはここに閉じ込められてしまう。村を通らなくては帰れないからね」ハザードは裏口を開けて出ていった。彼とここに閉じ込められる……変な気持だが、その一方でわくわくする。最初はあれほど彼が憎かったのに、どうなっているのだろう？　我ながらこの変わりようにはびっくりする。

戸棚にはエマの言うとおりたっぷり食料が蓄えてあった。たくさんあるりんごを使ってアップルパイを作ろうと思い、芯《しん》を取ってスライスしているところへハザードが戻ってきた。

「ちょっと危なくなってきたぞ。あと三十分くらいで雨がやんでくれないと、孤立する恐れがある」

「でも、食べるものの心配はいりません。充分ありますから」ハザードが横から手を出してりんごをつまむ。「あら、だめよ!」スザンナは思わず彼の手を叩《たた》いた。「これはパイ用です」

「ふうん。こっちは?」ハザードはレーズンを指した。

「これもです。さわるべからず」スザンナはわざとぷんとしてみせた。「パイの用意をしたら、階上《うえ》へ行ってエマの様子を見てきます」

「それもいいが……」彼はまたりんごを一切れつまみ、おいしそうに食べながら言った。「寝る場所と時間を相談しないといけない。バーンズ先生は、今夜痛むかもしれないと言っていた。だから、どちらかがエマについているほうがいいと思うんだ」

「交替にしましょう。わたし、階上へ行ったらついでにベッドを作ってきます。まだ食事までに時間がありますから」手が震えている。目は合わせていないが、これではきっと心の中を読まれてしまう。

「何を考えてる?」彼はスザンナの体に手をかけ、自分のほうを向かせた。手が粉だらけだと言ったのだが、効き目はない。「ぼくが今夜ベッドへ引っ張っていくとでも思ってるのかい？　むろん、その気がないと言うつもりはないよ。だが、ぼくは最初の夜を大事にしたい。もっといい状況の中で、お互いに納得して恋人同士になりたいんだ」

ハザードの言葉には心がこもっていて、表情はこのうえなくやさしい。スザンナは彼の肩に頭をもたせかけた。

「わたしのこと、おかしいと思うでしょう？」

「ベッドへ行きたがらないから？　いや、そんなことはないよ、スザンナ。すぐにベッドへ行きたがるほうがおかしいんだ。この機会にはっきりさせておこう。ぼくは聖人じゃない。しかし、見境のない男だと思われては困る。常識ある人間なら、そう乱れたことはしないものだ。今日はやめておこう。いつかきっといい日がある」

ハザードはスザンナの顔を両手で包み、そっとキスをした。じらすように、彼の唇が触れては離れる。思わずスザンナはじれったそうに鼻を鳴らした。すると、彼の唇はそれに応《こた》えて熱く燃えた。

あなたを愛しているわ。信じてもいる。ただ、わたしは全然経験がないの。言葉で言えないそうした思いを、スザンナはキスに込めた。しばらくしてハザードが顔を上げたとき、スザンナの頬には赤みがさし、目はきらきらと輝いていた。何が待っていようと、自分が無知であろうと、もう怖くはない。ここでハザードの腕に抱かれたら……。

「スザンナ、そんな目で見るのはやめてくれ」ハザードはスザンナの手を取り、口もとに持っていった。

彼の唇がてのひらをすべり、歯が指のつけ根をそっとかむ。それにつれて、戦慄《せんりつ》が全身を走る。もっとこうしていたいが、そうはいかない。

「エマを見てきます」スザンナは後ずさりし、二階へ向かった。

「それがいい」背後からハザードの言葉が追ってくる。「ぼくの自制心を信用しないほうがいいよ。あてにならないからね。こんな気持になったのは久しぶりだ」

ハザードの言葉のせいか、階段を上がったせいか、二階に着いたときは胸がどきどきしていた。原因は自分でもわからないが、おそらくは前者のほうだろう。

エマはぐっすりと眠っていた。そっとドアを閉めてほかの部屋を見てみると、いずれも広くて寝心地よさそうなダブルベッドが置いてある。

わたしはエマの隣の部屋を使おう。スザンナはただちに心を決めた。ハザードはずっと運転してきたのだから、疲れが出るに違いない。それに、エマの看護はわたしの仕事だ。近い部屋にいるほうがいい。

隣の部屋から浴室を隔ててもう一つの部屋がある。スザンナはその両方のベッドを整えた。

エマから聞いたとおり、ネグリジェはたんすに入っていた。目をみはるようなヴィクトリア調のネグリジェだ。生地は柔らかなコットンで、袖口《そでぐち》と胸の切り替えにはぜいたくなレースがついている。

ヴィクトリア時代の女性が、愛をささげる男性を夢見ながら縫ったのではないかしら？　ばかね、そんな想像をしているときじゃないでしょう！　スザンナは自分を戒め、ネグリジェをそっとベッドの上に置いた。

階段を下りているとき、電気がちかちかし始めた。まだ日は暮れていないが、大気のせいで辺りはすでに薄暗い。

「バーンズ先生も言っていたが、どうやら停電しそうだよ」階下からハザードが話しかける。

「そうですね」

「ランプはどこにあるのかな？」

「外の納屋です。さっき、燃料を捜しに行ったとき見かけました」

「よし。取ってこよう」

「そのほうがよさそうですね」電気はますますあやしくなってくる。

レンジはときどきつむじを曲げるが、伯母が使っていたものよりはたちがいい。チキンとパイの焼け具合を調べながら、無意識にどんなパンが合うか考えてみる。とたんにおなかがすいてきた。考えてみれば、朝食べたきりであとはコーヒーしか飲んでいない。エマと一緒に昼食をとるつもりだったので、途中では食事をしなかったのだ。ヨークシャーでは、お茶より昼食に人を招待することが多い。

「子供のころのサマーキャンプを思い出すなあ」ハザードはランプと燃料をかかえて入ってきた。

「サマーキャンプ?」

「アメリカの学校が考え出した夏休みの活動さ。両親を子供から解放してあげるためのね。子供は子供で思い切り遊べるし、独立心もそなわる。一石二鳥というわけだ」

「アメリカ人にしてはアメリカなまりがないんですね」

「ぼくはイギリス人だよ。だが、七つのときに親がオーストラリアに移住した」

「オーストラリアに?」

「そう。その後両親が離婚して、ぼくは母とアメリカに移ったんだ」

「お母さまは今もアメリカに?」

いけない。こんな立ち入ったことをきくべきではなかった。ハザードは体をこわばらせ、くるりと背を向けた。「そうだよ。マッチが必要なんだけど、どこかで見なかったかい?」

明らかに、彼はこれ以上母親の話をしたくないらしい。スザンナはクレアの言ったことを思い出した。マックに育てられたも同然だというのは、どこまで本当なのだろう? ハザードはカロラインより二、三歳若い。彼が編集長になると発表したとき、リチャードは一言も彼らの関係に触れなかった。不思議な気もするが、きっとハザードの気持を察したからだろう。社員に個人的なことまで言っては悪いと思ったのだ。ハザードはその点かなり神経質なのに違いない。

「マッチならそこにあります」

ハザードは試しにランプをつけてみた。「よし。使えることがわかれば心配ない。食事までにどのくらいかかる？　だいぶおなかがすいてきた」

スザンナは彼に調子を合わせてさりげなく返事をした。彼が個人的な話をしたがらないのは悲しいが、そんなところを見せてはいけない。もっと親しくなれば気楽に打ち明けてくれるだろう。男性は、だいたいにおいて感情を人に話さないものだ。

「今夜の話だが、どちらかがエマのそばに……」

「わたしがつき添います。いちおうエマの隣の寝室を使いますけど、夜中はエマの部屋にいます。あそこには座り心地のいい椅子がありますし、わたしは眠りが浅いほうですから」ハザードが反対しそうな気配を見せたので、スザンナは機先を制した。「いいんです。あなたはずっと運転していらしたんですから、看護はわたしにさせてください。初めてではありませんし……。五、六年前に伯母が腕を骨折したことがあるんです。ほかにも何箇所かけがをしました」

「五、六年前？　きみはまだ十代だったんだろう？　お父さんやお母さんは……」ハザードは途中で口をつぐんだ。

「両親は、わたしが小さいときに事故で亡くなりました。正確に言えば、わたしの一歳の誕生日前です。ですから、わたしは伯母のエミリーに育てられました。伯母と言っても父の伯母なので、年はずいぶん離れています。厳格な人で、義務を怠るな、間違ったことをするな、といつもうるさく言われました。でも、とても思いやりがあって、寛大な女性です。あの伯母がいなかったら、わたしは里親に引き取られるか施設に入れられるかしていたところです。里親や施設が悪いわけではありませんが、エミリー伯母のように愛情をもって大事に育ててはくれなかったと思います」

「きみの言いたいことはよくわかる」

ハザードは立ち上がり、広い台所を行ったり来たりし始めた。

「不思議だな。そういう育てられ方をした女の子は、早く結婚して自分の家庭を持ちたがるものだ。だが、きみはそうじゃない。どうしてだ？　厳しい伯母さんへの反抗かい？　妻子ある男を好きになったのも、反抗精神が原因か？」

不意にハザードの声はひややかになり、目には以前の憎しみが燃え上がった。スザンナは彼の視線を受け止め、冷静に言った。「違います。それはエミリー伯母とも、反抗心とも関係ありません。だいいち、伯母がわたしに家事を教えたのは、わたし自身のためになると考えたからです。専業主婦にするためじゃありません。伯母は今でこそ隠居生活をしていますが、ずっと司書をしていたんです。だから教育にも熱心でしたし、わたしにも仕事を持つようにすすめました。言うなれば、ウーマンパワーの先駆者でしょうね。男性は女性よりすぐれているなんて思っていませんもの。むしろその反対です」

さっきまでの気軽なムードを取り戻そうと、スザンナはいたずらっぽく笑った。デヴィッドの話も、事情説明もしたくない。触れたくない部分がたくさんあるからだ。たとえば、同僚とは安心してつき合えなかったこと。デヴィッドは年上でもあり、すぐに口説いたりしなかったので気楽にデートできたこと。デヴィッドが結婚しているとは知らなかったこと、などである。要するに、自分がいかに愚かだったかをハザードに知られたくないのだ。それを知られたら、世間知らずで男性経験がないのもわかってしまう。〝きみは女として欠陥があるんじゃないか?〟とデヴィッドは言った。はたしてそうだろうか? 一時は彼の言うとおりだと思っていた。しかし、ハザードの腕の中で感じたのは、確かに女としての熱い思いだった。

「悪かったね、スザンナ。きみの愛人の話なんか持ち出すべきじゃなかった。怒られたとしても仕方がない。だが、本当にもう終わったのかい?」

心もとなげなハザードの声に、ふっと胸がいっぱいになる。彼は道徳的にいけないと責めているのではない。単にやきもちをやいているのだ。

「ええ。それに……」

最初から愛人同士ではなかったんです、と言ってしまいたい。事実をさらけ出してハザードとの間にある柵《さく》を取り除いたら、どれほどさっぱりすることか！

「いいよ。それ以上言わなくていい。食事はまだかい？　腹ぺこなんだ」

スザンナはさっそくレンジの前に行き、料理のでき具合を調べた。

「いつでも食べられます。わたしはちょっとエマの様子を見て……」

「今度はぼくの番だ」ハザードは二人の間に距離を置きたいらしい。理屈ではそれでいいのだとわかっていても、やはりひどく悲しくなる。

彼は五分くらい戻ってこなかった。案の定、エマが起きていたのだ。

「目は開いているが、まだもうろうとしている。それでも、遠慮しないでどの部屋でも使ってくれとか、面倒をかけてすまないとか言ってるよ。今のところ何も食べたくないそうだ」

「じゃ、鳥がらでスープを作っておきます。食事のときに肉を取ってしまえば作れますから。お夜食にちょうどいいでしょう」

「いいね。ホームメードのスープか」

「エミリー伯母はなんでもむだにするのが大嫌いなんです」

「ふうん……そのエミリー伯母さんとやらに会ってみたいな。実在の人物かどうかを確かめるだけでもいい」

「まあ、実在してますとも！　お会いになったら、次から次へと質問攻めにあいますよ。

何をなさってるの？　ご両親はどういうかた？」スザンナは顔をしかめた。以前何人かボーイフレンドを家に呼んだが、そのつど伯母はずけずけとこき下ろした。

デヴィッドはその中に入っていなかった。伯母に会わせる前に結婚しているとわかったからだ。家に連れていったらどうなったか、結果は言わずと知れている。

エマの家の台所はいかにも古い農家らしく、大きな白木のテーブルが置いてある。スザンナがチキン用ソースの仕上げをしている間に、ハザードは引き出しからナイフやフォークを出して並べた。

「切り分けてくださらなくても結構ですよ」焼き上がったチキンは柔らかそうで、独りでに身が骨から外れそうだ。料理法はもちろんエミリー伯母から教わったものである。

「それはロースト・ポテト？　おいしそうだな」

「いつもあなたが召し上がっているお料理のようにはできませんけど」〈コンノート〉で食事していた彼を思い出すと自信がなくなる。

「そうだろうとも。だからいいんだよ。レストランの料理にはうんざりさ。これこそ本当のごちそうというものだ」

チキンとポテトを大皿に盛り、野菜をつけ合わせ、ソースをソース入れに移し……これで準備完了だ。スザンナはテーブルについた。

「家庭料理がお好きなら、早く結婚なさればいいのに」ぶしつけなのはわかっているが、好奇心には勝てない。ハザードのように条件の整っている人が、どうしてこの年まで独身でいたのだろう？

彼は料理を取り分け、大皿をスザンナに回して真顔で答えた。「親が離婚したとき、安易に結婚してはいけないと思ったんだ。ぼくは絶対に別れないという自信がない限り結婚しない」

ハザードの気持は理解できる。両親の離別は、利口な少年に少なからぬ衝撃を与えたのだろう。

「きみはどうして結婚しないんだ？　キャリア・ウーマンで通す気かい？」

「仕事が好きなのは確かです。でも、今の時代は家庭と仕事を両立させるのも可能ですわ」

「子供がほしい？」

スザンナはちょっと考えてから答えた。「ええ、ほしいと思います」

あなたの子供がほしいんです、と言いたかった。冗談ではなく、本気でそう言いたいのだ。

「あなたは？」

「男としてほしいと思うのは事実だ。それが生物本来のあり方だからね。だが、戦争をまのあたりにすると子供の未来が不安になってくる。ベイルートの子供たちは、おとぎ話やサンタクロースより爆弾や銃に興味があるんだ」

結局、家庭を持ちたいのか、持ちたくないのか、どちらなのだろう？

「きみは料理が上手だね」ハザードはからになった皿を押しやった。「そのうち、ぼくが作った料理も食べてくれ。もっとも、あのレンジじゃ作れないと思うけど」

「まあ、すてき！　パイはいかが？」

「ありがとう。もらうよ」

ハザードのために一生懸命作った料理。それをおいしそうに食べる彼の姿は、妙に心に訴えるものがある。人間の本能をくすぐるとでも言ったらいいのだろうか？

「交替しよう」食事がすむとハザードは立ち上がった。「コーヒーと洗いものはぼくに任せてくれ」

彼が戻ってきたとき、電気がちかちかしてすっと消えた。

「停電か。もうちょっとあとにしてもらいたかったな。熱いシャワーを浴びようと思っていたのに」

「お湯は出ますよ、ボイラーの火はついていますから。やっぱり都会育ちのおぼっちゃまですね。電気がないと何もできないと思っているんでしょう？」

「そうでもないさ。父と別れたあとは、ぼくも母とだいぶ苦労したんだ。シドニーで家を借りて暮らしていたんだが、母は仕事をするような人じゃなかった。当然家賃が払えなくなる。そこで今度は間借り生活だ」ハザードは顔を曇らせた。かなりつらい思い出なのだろう。話したいと思う一方、何も言いたくない気持もあるに違いない。

「生活費はどうなさったんですか?」スザンナは彼の心境を察して先を促した。

「ぼくが働いたんだ。代理店に代わってあちこちへ新聞を届ける仕事だよ」ハザードは淡々として言った。「ランプをつけよう。暗くなってきた」

窓辺に立ってみると、たそがれ迫る平野に雨はこやみなく降り続いている。

「居間へいらっしゃいます? 本がありますよ。エマは遠慮しなくていいと言ってくれてますから、かまわないと思いますけど」

「いや、ここのほうがいい。だが、きみが向こうへ行きたいなら……」

スザンナは首を振った。台所は家庭的な雰囲気があってとても居心地がいい。

皿洗いは二人ですませた。どちらもあまり話はしないが、辺りには和やかな空気が漂っている。そのあとスザンナはスープ作りにかかり、ハザードは燃料を取りに納屋へ行った。

「すごい風だ」戻ってきた彼はびしょぬれだった。「飛ばされそうだったよ!」

「すぐ二階からタオルを持ってきます」

「いや。ぬれたついでに、階上へ行ってシャワーを浴びてしまおう」

「そうですね。その間にスープができますから、戻っていらしたらエマのところへ持っていきます」

「残念だな。もっとよく知った仲なら一緒にシャワーを浴びるのに」

ぽっと赤らむスザンナの頬を見て、ハザードは笑いながらきびすを返し、階段を上がっていった。

ハザードと一緒にシャワーを！　胸がきゅっと締めつけられ、甘くけだるい感覚がすっぽりと全身を包む。目を閉じれば、何もまとわないハザードの体が脳裏に浮かぶ。すべすべした肌の感触や、体のにおいまで……。

スザンナは身震いして目を開けた。なんということを考えたのだろう！　自分自身にショックを覚える。スープを火から下ろしたとき、ハザードの声が聞こえた。

「スザンナ！　スザンナ！」

小走りに階段の下まで行くと、彼が一番上に立って見下ろしていた。腰に小さなタオルを巻いているだけで、あとは何も着けていない。

しばらくスザンナは彼を見つめているだけで、口もきけず身動きもできなかった。美しく整った男の体……。あらゆる感覚がその体を感じ取ろうとしていて、ほかのことはいっさいできない。

ハザードの胸にはシャワーのしずくが残り、ランプの明かりを受けてきらきら光っている。

「バスタオル、どこにあるか知らないか？　見つからないんだ」

彼に言うのを忘れていた。タオルはわたしが使う部屋の乾燥用戸棚に入っているのだ。スザンナはあわてて部屋へ駆け込んだ。

「すみません。ここです」

とても彼に直接タオルを手渡す勇気はない。ほてる顔をそむけてベッドの上に置くのが精いっぱいだ。どうしてこんな気持になるのだろう？　怖いと同時に胸が高鳴る。

「なぜだ、スザンナ？」

ハザードは音もなく近寄り、スザンナの体を半回転させて自分のほうを向かせた。彼の目はじっとスザンナの顔をのぞき込んでいる。

「なぜ隠そうとする？　ぼくのものになりたいんだろう？　そんな様子を見せられると、かえって誘惑を感じるよ。ぼくの気持、わからないのかい？」

「わたしは……」

あなたを誘惑する気はありません、と言いなさい。エミリー伯母に植えつけられた道徳心がしきりと叫ぶ。しかし、言葉が喉につかえて出てこない。

「ぼくに抱かれたいんだろう？　ここにちゃんと書いてある」ハザードはスザンナの目尻に親指を当てた。「それから、ここにも」彼の手がするりとすべり、胸のふくらみを包み込む。「ああ、だめだ……スザンナ！」

彼はランプを下に置き、スザンナの震える体を抱き締めた。

「エマに……エマに聞こえるのでは……」

「まだ寝てるよ。さっき見てきたんだ。きみを抱きたい！　いいだろう、スザンナ？」ハザードはスザンナの唇に口を寄せてささやいた。「初めて会ったときからずっと、きみを抱きたかったんだ。これ以上待たせないでくれ」

7

止めようとすれば、ハザードを止めることくらいできた。あるいは、自らが身を引くこともできた。しかし、スザンナはどちらも考えつかなかった。ハザードの唇が触れるや、ほかのことは何もかも忘れてしまったのだ。彼は激しく唇を押し当ててくる。スザンナは無上の喜びにのまれ、身も心もとけそうになって唇を開いた。ハザードの舌を感じ、体がこまかく震える。

恥じらいがちに応《こた》えると、ハザードの体にも震えが走った。彼のキスはますます熱を帯びる。スザンナの胸は熱く燃え、彼が顔を上げてもなお動悸《どうき》がおさまらなかった。

「ぼくにキスして」ハザードが耳もとでささやく。「さあ、キスしてくれ。ぼくがほしいというしるしに」

知らないながらも、スザンナはハザードの愛撫《あいぶ》を真似《まね》てそろそろと彼の体に手をすべらせた。その手の下で、引き締まった筋肉が緊張する。初めて知るうれしさ……満ち足りた思い……。

ハザードはスザンナの肩を押しやり、赤みのさした顔をじっと見下ろした。彼の呼吸は速く、乱れている。

「きみを抱きたい。ぼくのものになるのは、いやじゃないね？　どういうわけだろう？　きみといると、まったく抑えがきかなくなる」ハザードは熱っぽく光る目を閉じ、頭をのけぞらせた。その姿は、あらがいがたいものと必死に闘っているかに見える。苦しそう。楽にしてあげたい。スザンナは衝動的に彼の喉に唇を押し当てた。

だが、楽にするどころではなかった。ハザードの肌のぬくもりやにおいに、スザンナ自身がかっと熱くなってしまったのだ。彼の喉が動く。彼のすべてがたまらなくいとおしい。ハザードの喉から低い声がもれる。せっぱつまったような彼の声に、スザンナの胸はいちだんと激しく打ち始めた。

言葉もなくハザードはスザンナを抱き締め、スザンナは彼にぴったりと体を寄せた。彼の手はいくらかもどかしそうに、しかしやさしく服を脱がせていく。スザンナは彼が脱がせやすいように体を動かした。

「きれいな胸」ハザードはあらわになったスザンナの胸にそっと手をすべらせた。「すごくきれいだ」

ランプの弱い光に照らされた浅黒い肌、乱れた髪、古典的な彫刻のような横顔……ハザードの姿を見ていると、神話に登場する神を連想する。あらゆる女性が夢に見る理想の恋人のイメージだ。と、彼はスザンナのかたわらに膝をつき、さっとぬれたタオルを取り去った。ぼうっとしていたスザンナは、一瞬心臓が止まったかと思った。

黒い胸毛におおわれた彼の胸や、なめらかな肌が目を奪う。この肌に触れたら、見た目と同じくすべすべしているのだろうか？

ためらいがちに伸ばした手がまず感じ取ったのは、彼の肌の温かみだった。どきっとして反射的に手を引っ込めたのだが、すでにその手はハザードにつかまっていた。彼はてのひらにキスをし、驚いたことに指を口に含んだ。なんとも言えないエロチックな行為！

スザンナは思わず〝いや〟と口の中でつぶやいて目を大きく見開いた。

「手にキスされるの、好きかい？　きみは敏感だね。女として、すばらしいことだよ。ぼくはきみの体を全部知りたい、隅から隅まで」ハザードはスザンナの手を下ろし、改めて自分の胸に当てた。「さわってごらん。きみのせいだ」

彼の心臓は激しく打ち、てのひらに触れる肌は熱い。指先をくすぐる胸毛は、逆三角形を描いて細くウエストに続いている。どきどきしながら手を下に移すと、それにつれて彼の息づかいも乱れた。ハザードの体に触れたい。もっと、もっと……。

彼の腕がきつく体に巻きつき、肌と肌がぴったり触れ合う。うれしい……彼が燃えているのがわかる。

「じらすのはやめてくれ。きみを抱きたい。スザンナ、きみにはわからないんだ。ぼくがどんなにきみをほしがっているか！」

ハザードはスザンナの喉に唇をすべらせながらささやいた。彼の声はこもっていてはっきりとは聞こえない。

わずかに残っていたためらいも消え、スザンナは彼にしがみついて肩に爪を立てた。彼の唇はそろそろと下りていく。

胸の素肌がハザードの熱い唇を感じ取る。もっと抱いてほしい。もっと近づきたい。スザンナは我知らず小さく声をあげ、体を弓なりにそらした。

ほのかな明かりのもとで、スザンナの肌はパールのように白く輝いている。ハザードは狂おしいばかりにその肌を愛撫し、胸にキスをした。

スザンナの喉からは抑えきれない低い声がもれる。指先に触れる彼の肌、筋肉の動き、男っぽいにおい……この喜びを何にたとえたらいいのだろう？　彼の手は腰の線をたどり、腿をなで下ろしている。

スザンナがそっと喉もとに唇を寄せると、ハザードは目を閉じて頭をのけぞらせた。続いて何やら小声でつぶやき、スザンナをベッドに押し倒した。彼の唇は熱く燃え、体はしっかりとスザンナを包み込む。スザンナは夢中で彼の背を、腰を愛撫した。

「きみがほしい。きみが……」

全身に感じるハザードの重みがうれしい。本能に導かれて、スザンナは脚を開いた。と、不意に彼が体をこわばらせた。

「どうしたの？」離れないでほしい！　しかし、ハザードはすでに起き上がっている。

「エマが何か叫んだようなんだ。見に行こう。そもそもこんなことすべきじゃなかった。今日は何もしないって、さっき言ったばかりだものな」

スザンナは唇をかんだ。「でも、してほしかったわ」

「わかってる。わかってるよ」ハザードはつらそうに大きく息を吸い込んだ。「だけど、今のはまるでティーンエイジャーだ。大人同士のすることじゃない。それほどきみはぼくを狂わせるんだよ」

「あなただって。わたしも狂ってました」

もう一度ハザードに抱かれたい。でも、彼の言うとおりだ。二人はエマの看病をするためにここにいるのであり、甘い一夜を過ごすために泊まるのではない。

「服を着て、エマのところに行ってみます」

「こっちへおいで」ハザードが手を差しのべる。

スザンナはいそいそと彼の腕の中に身を置いた。胸のふくらみが彼の固い胸に触れ、震えそうになる。ハザードの体はもうさっきほど熱くない。キスを交わしながらも、二人の情熱はしだいにおさまっていった。

「服を着たほうがいい」ハザードは、しぶしぶ彼女を放した。

エマはまだ眠っていた。しかし、ひどく寝苦しそうだ。スザンナは心配になり、ハザードを呼んだ。

「少し熱があるんじゃないかな。バーンズ先生が言ってたよ。雨の中で倒れていたから、熱が出るかもしれないって」

「どうしたらいいかしら?」

「さしあたってできることはないだろう。そばにいて様子を見ているしかない。朝になればバーンズ先生が来てくれる」

自分がついているから寝てくださいと言っても、ハザードはなかなか承諾しなかった。スザンナは懸命に説得し、何か問題があったら起こすからと約束してやっと彼を寝室に送り込んだ。

エマは夜中に一度目を覚ました。意識もうろうとした様子で、これはどういうわけだとたずねる。熱のせいで記憶がなくなってしまったのかと不安になったが、エマはすぐに言い直した。「ああ、そうだったわ。わたしが転んだところへ、あなたたちが来て、助けてくれたのよね。今何時? 夜中みたいな気がするけど」彼女は目覚まし時計に目を向けた。「まあ、本当に真夜中じゃないの! あなた、起きてててくださったの? そんなことしちゃいけないわ。早く寝てちょうだい」

「いいんです。わたしたち、交替で寝ることにしたんですから。スープができてますけど、召し上がります?」夕食のときに何も食べていないのだから、エマはきっと空腹を感じているだろう。

「そんな面倒をかけちゃ悪いわ」

「ちっとも面倒じゃありません」エマが遠慮して断りそうになったので、スザンナは急いで台所へ下りてスープを温め直した。

エマが再び眠りについて間もなく、ハザードが起きてきた。交替するから寝なさいと言う。明け方の四時だった。

「用があったら起こすから、とにかく一眠りしてくれ」彼はスザンナをドアのほうへ押しやった。

やすめるのは確かにありがたい。いろいろなことがあったので、すっかり疲れてしまった。一番大きなできごとはハザードが身近な存在になったことだが、エマのけがも少なからず影響している。

二十四時間前には、誰が今の自分を想像できただろう? 昨日の朝は、ハザードと一日一緒にいるのかと思って憂鬱《ゆううつ》になっていたのだ。

ハザードに事実を話すべきだったかもしれない。しかし、デヴィッドの話題に触れようとすると、ハザードはいつも不機嫌な顔をする。よそよそしくなるときさえあるくらいだ。

彼との間に芽生えた愛を失いたくないと思えば、どうしてもデヴィッドの話を持ち出せなくなってしまう。その一方、ハザードをあざむいているのがひどく申しわけない。近いうちに、必ず彼に本当のことを言おう。スザンナは心に誓いながら夢の世界をさまよい出した。

どれだけの時間がたったのか、ふと廊下から聞こえてくる声に目が覚めた。起き上がって時計を見るともう十時！

「エマはしばらく前から起きています」ハザードが言っている。「昨夜は熱がありましたけれど、今朝はだいぶいいようですよ」

女の声がそれに答える。バーンズ医師だ。二人がエマの部屋に入るのを待って、スザンナはベッドから飛び下り乾燥用戸棚へ駆け寄った。

戸棚には昨夜洗った下着が入っている。それでも、同じブラウスを着るのは気が進まない。

歯ブラシの置き場所は昨日のうちにエマから聞いておいた。一本しかないからハザードと共同で使ってくれと言う。ハザード……胸いっぱいに愛が広がり、脚がふらふらする。昨夜あそこでエマが声をたてなかったら、二人は今ごろ他人ではなくなっていたのだ。自分の肌に触れていた彼の体を思い出すと、甘い震えが背筋を駆け下りる。

バスルームはひんやりしていて、夢から覚めた思いがした。ボイラーの火が消えてしまったのだろう。

スザンナはエマの部屋の前で足を止めたが、中には入らず階下へ下りた。

台所にはハザードがボイラーの火をつけようとしていた跡があった。どうやら燃えかけては消えてしまうらしい。スザンナは火管調節を見つけ、ハザードが入れた燃料を念入りに積み直した。これで調節でき、ふたを閉めればうまくいくはずだ。案の定、心もとなかった火はちょろちょろ燃え出した。もう大丈夫。燃料を取りに行ってこよう。

納屋から戻ってくると、ハザードとバーンズ医師が台所に立っていた。

「どうすれば火がつくんだい?」彼はスザンナの手から燃料の入ったバケツを受け取った。

「ぼくはずいぶん何回もやってみたんだよ」

「テクニックの問題です」スザンナはいたずらっぽく笑った。二人の視線がからみ合う。ハザードには、今の言葉でぴんときたのに違いない。昨夜わたしが燃えたのは、あなたの愛のテクニックのせいです、という意味が。彼も昨夜の甘いひとときを思い出しているのだ。たちまち頬が熱くなる。

「よくもこんなものを使っていること」バーンズ医師が口をはさんだ。「早く電気にすればいいのに」彼女はスザンナを見向きもせず、ハザードの腕に手をかけた。パールのマニキュアをしたきれいな手が妙になまめかしく、スザンナの嫉妬《しっと》心を刺激する。

「あなたがよくお世話してくださって、エマは本当に感謝していると思いますわ。姪《めい》のルーシーは今日の午後帰ってくるはずですから、電話して事情を話しておきます。そうそう、わたし、お昼にお友達を呼んであるんです。一緒にうちでお食事なさいません?」

バーンズ医師はスザンナを見もしなければ招待する気もないらしい。ハザードはなんと返事をするだろう?

「ありがとうございます」彼は愛想よく答えた。「ぜひうかがいたいところですが、スザンナ一人をここにおいておくわけにもいきません」

バーンズ医師は冷たい青い目で、スザンナを頭のてっぺんから足の先までじろりと見回した。

「なぜ? 一人でなんでも……」

「ええ、一人でなんでもできますよ。彼女はとても有能です」ハザードはクールに口をはさみ、片腕でスザンナを抱き寄せた。彼の笑顔は胸がきゅっとするくらいやさしく温かい。

スザンナは医師がいるのも忘れ、目を輝かせて彼を見上げた。

「じゃ、失礼します」バーンズ医師は引きつった笑みを浮かべ、凍りつくような声で言った。なんだか気の毒になる。ハザードに惹《ひ》かれたからといって彼女が悪いわけではない。むしろ、惹かれない女性のほうがおかしいのだ。

「あの先生、相当がっかりしたんじゃありません? かわいそうに」医師が去ってからスザンナはふざけて彼をにらんだ。

「どうすればよかったんだ？　行きますって答えるのかい？」ハザードもからかうように目をきらりとさせる。「ふむ……いいにおいだ」

「石けんのにおいです」

「それもある」ハザードはスザンナの耳もとに口を寄せ、声を落とした。「だが、きみには独得のにおいがあるんだ。ぼくはセクシーなにおいだと思う。最高にセクシーなにおいだ」彼の腕がゆっくりとスザンナを抱き締める。「昨夜は、ぼくの夢を見てくれた？」

事実、彼女は彼の夢を見た。ショックなほどエロチックな夢だった。想像もできなかった自分の言葉、大胆な行為！　スザンナは顔を赤らめ、心の内を読まれないように目を伏せた。まだハザードと打ち解けられないところがある。経験がないために恥ずかしいのだ。

「ぼくもきみの夢を見た」ハザードはぴったりと身を寄せ、スザンナがほしいと体で訴えかけた。彼の手がブラウスの中へすべり、ブラジャーを押しのけて胸を愛撫する。「スザンナ」

ハザードは身をかがめ、クリームを思わせるスザンナの肌に口を寄せてささやいた。スザンナも本能的に彼の固い腿に自分の腿をすり寄せ、喜びに体を震わせた。

「ハザード！」

「こんなことをしてちゃいけない。エマが起きてきて……」スザンナがいやだとひそかに叫んだのを知ってか知らずか、ハザードはそっと体を離した。「きみはどんな酒より強烈だ。一緒にいるとすぐ酔ってしまう」彼の視線はスザンナの唇から、あらわになった胸に移る。

もう一度抱いてほしい。スザンナは息をひそめて待った。しかし、ハザードは抱きたそうなそぶりを見せながらも、彼女のブラウスの前をかき合わせた。

ハザードの指がブラウスのボタンをかけていく。動揺しているのはどちらだろう？　わたしのほうではないだろうか？

「きみを抱くと、いつもぼくが初めてこういう喜びをきみに教えているような気がするんだ。おかしいが、男には本来優位に立ちたいって気があるんだ」

「あなたは……あなたがわたしの最初の相手ならよかったとでも？」

ハザードの目に、ちらりと怖いほどの情熱が燃えた。だが、その炎はまたたく間におさまり、彼の目はいつもの厳しい表情を取り戻した。「おとぎ話みたいなことを言っちゃいけない。男性経験のあるなしで女性の価値が決まったのは昔の話だよ。そんな価値判断は過去のものになって当然だ」

「つまり、わたしがほかの人とつき合っていたとしても……気にならないってことですか？」事実を話してしまいたいが、やはり怖い。気持のうえで彼はおそらく最初の男になりたいのだろうが、実際は……。

「何を言ってるんだ。もちろん気になるとも。ほかの男がきみの体に触れたと思うとかっとなるよ。しかし、今は一九八〇年代だ。きみの過去が許せないようじゃ現代人として失格さ。ぼくだって何もなかったわけじゃない」

「でも、結婚している人を相手にするのは許せないんでしょう？　それは、ご両親の離婚と関係があるのかしら？」

「やめてくれ！　その話はしたくない。ぼくはきみの過去を思い出したくないんだ。それがわからないのかい？　彼の話はよそう」ハザードはスザンナに背を向けた。「コーヒーをいれてくる」

スザンナは黙って彼の後ろ姿を見ていた。もっと話を聞いてくれとも言えず、彼に触れる勇気もない。これが高じてけんかになったら、何もかもだめになってしまう。それでも彼に事実を知ってもらいたい。感情的には妻子ある人に夢中になったとしても、肉体関係はなかったのだ。だが、本当にデヴィッドといかがわしい関係があったような後ろめたさを覚える。この気持はとうていぬぐい去れるものではない。屈辱に耐えてデヴィッドを返してほしいと訴えたルイーズ……。彼女の姿を思い出すと胸がむかつく。あのとき感じた自己嫌悪は、いまだに心の底に根を下ろして消えていない。罪悪感から解放されたいが、それも無理だろう。罪を許す力があるのは、神であって男性ではないのだ。自らの心が許さない限り、罪の意識は消滅しない。

デヴィッドの奥さんの顔は、生涯忘れられないのではないだろうか？　これが罰なのかもしれない。デヴィッドが結婚していると知ってすぐ身を引いたのだが、気づくのが遅すぎた。もっと早くに事実を察知すべきだったのだ。

「コーヒーがはいったよ」次から次へともの思いにふけっているときに突然ハザードの声がし、スザンナは飛び上がりそうになった。

二人は黙々とコーヒーを飲んだ。エマはすでに朝食をすませたらしい。電気がきたので、ハザードが支度をしたのだろう。

「バーンズ先生によれば水は引いたそうだ。天気予報でも、今日は風が強いけど雨は降らないと言っていた。エマの姪が来られるとなったら、ぼくたちはいつでも帰れるよ」

涙がにじんで彼がよく見えない。おまけに手が震え、片手でマグを持つのがおぼつかない。スザンナは顔をそむけ、両手でマグをつかんだ。

「悪かった」ハザードのやさしい声に、ますます胸がいっぱいになる。「ぼくは打ち明け話なんてあまりしたことがないもので……。それに、きみの恋人のことを考えるとやけてしようがないんだ。きみを知れば知るほど、彼との仲が理解できなくなる。きみはとても誠実だし、きわめて常識的だ。平気で不倫の恋ができる人じゃない」

「わたしたち、両方ともどうかしていたのよ。朝早くから刺激が強すぎたんじゃないかしら？」

「ぼくがいけないんだ。つい我慢できなくなってしまって……」ハザードはそっけなく言った。「二人きりになれるところへ君を連れていきたいな。今度の週末はどうだい？」

そのあとは時間の過ぎるのが速かった。エマは進んでインタビューを受けると言い出した。スザンナとハザードは体が回復してからでいいと言ったのだが、彼女はかまわないと言う。

エマの姪から電話があり、午後こちらへ着くというので、二人は彼女の到着を待って帰ることにした。

姪というのは三十代のしっかりした女性だった。家に入ってくるや丁寧に感謝の言葉を述べ、早々に家事や看護に取りかかった。「ラルフもわたしも、伯母にはよく言ってるんですよ。ここは町まで遠いから危ないって。でも、伯父のハロルドと暮らした家なので、伯母にすれば離れたくないんでしょう。気持はわかりますけど、冬は本当に心配なんです。今年は三回も雪で通行止めになったんですもの。今度は今度で……。そうは言っても、わたしも好きなところで暮らしたいので強制はできません」

帰りの車の中でハザードは言った。「明日の日曜日は時間が取れそうもない。実は、昼に社長と食事をするんだよ」

「わかりました。社長とは昔からのおつき合いなんですってね？」

「どうして知ってるんだ？」振り返ったハザードの目は冷たい。

まさか、スタッフの間でハザードのことが噂《うわさ》になっているとは言えない。スザンナはさりげなく答えた。「さあ、はっきりした記憶はないんですが、どこかで聞いたような……」

ハザードはひどく怒っているようだ。なぜ？　マックとの関係を持ち出されるのがそれほどいやなのだろうか？

今日は疲れていて言い争いをしたくない。この疑問については、日を改めてたずねることにしよう。

ハザードは部屋の前までついてきた。スザンナはわざとお入りくださいとは言わず、しゃちこばって挨拶《あいさつ》した。だが、ドアを開けようとするとハザードが後ろから抱き止め、彼のほうを向かせて熱っぽくキスをした。たちまち疑惑も不愉快な思いも消え、ただ夢中で彼に抱きついてしまった。

「部屋へ入れなんて言っちゃだめだよ。入ったら最後、ぼくはずうっと出ていかないからね。ぼくたちには時間が必要だ。もっとお互いをよく知って、邪魔者の入り込まない二人だけの世界を作り出さなくちゃいけない。明日の晩会ってくれないか？　夜にはたぶん暇になる。一緒に食事をしよう」

「せっかくですけど……ベビーシッターを引き受けてしまったんです。お友達が明日結婚記念日なので。今から断るわけにはいきません」

「そうか。それじゃ、仕方がない」ハザードはもう一度しっかりと唇を重ねた。「月曜日からはどうしよう？　きみがそばにいたら気が散って、ぼくは仕事ができそうもない」

スザンナは、窓からハザードの車を見送った。自分の中の大事な部分を、彼が持っていってしまったような気がする。

8

月曜日の朝、スザンナはそわそわと身支度をした。とてもハザードに会いたいが、同時に怖くもある。恋人としてではなく、編集長とアシスタントとして会うのがいっそう不安をかきたてた。ハザードのそばでずっと仕事をしていけるだろうか？　そうだ、忘れていた。わたしは、会社では格下げになったのだ！　彼は仕事のうえで信頼を置いてくれなかった。その点は、二人の間柄がどうなっても変わらないだろう。

ハザードがなぜそんなに厳しく自分を扱うのか、スザンナはいまだにわからない。リチャードは常に、いい仕事をするとほめてくれ、励ましてくれた。

出社するとリジーが言った。「ハザードは来ないそうよ。朝早く電話してきたらしいの。わたしが来てみたら留守番電話にメッセージが入っていたわ、ニューヨークへ行くって」

背筋を冷たい手でなでられたような思いがした。なぜ黙って行ってしまったの？　電話くらいしてくれてもいいじゃないの！

午前中、スザンナはエマのインタビュー記事をタイプして過ごした。彼女を男性に仕立てて書くのはなかなか面白い。ハザードはインタビューを完全に任せてくれた。きっと、多少は記者としての能力を見直してくれたのだ。ところが、なぜか今日はちっとも冴《さ》えた文章が書けない。

こういうときは早めに昼食に出るに限る。少し休めば、気分一新して仕事にかかれるだろう。

雨は週末のうちにやんだが、まだいい天気と言うにはほど遠い。東からの冷たい風が吹きつけ、空は依然どんよりしている。

考えごとをしながら風に向かって歩いているうちに、どんと誰かに突き当たった。「すみません」

「スザンナ！」

「まあ、リチャード」スザンナは驚きながらもにっこりした。

「ちょうど社へ行くところなんだよ。元気かい？　仕事は、うまくいってる？」リチャードに何もかも打ち明けたい。そんなスザンナの気持を察したのか、リチャードは腕時計に目を落とした。「ぼくはあと十五分で会議に出なくちゃならない。だけど、今夜はロンドンにいる。カロラインが子供連れで一週間ばかり親父《おやじ》さんのところへ行ったので、たまっている用事を片づけようと思ってるんだ。どう？　一緒に食事しないか？」

リチャードと夕食……マックの娘婿であるリチャードと。ハザードに関する情報をキャッチするには、もってこいのチャンスだ。頭の中でエミリー伯母の声がこだまする。〝変なせんさくをしちゃいけません。あなたに言うべきことがあれば、ハザードは自分のほうから言うわ〟しかし、情報を得たいという気持には逆らえない。スザンナはうなずいた。

「よければ、八時ごろ迎えに行く」

話はまとまった。仕事に戻ったスザンナはいつものエネルギーを取り戻し、エマの姪《めい》に電話をしてその後の様子をたずねた。ほっとしたことに、エマは順調に快方に向かっていると言う。それからは記事のまとめにかかったが、どうも電話が鳴るたびに緊張してしまう。

ハザードの声を聞きたい。何をしにニューヨークへ行ったのだろう? せめていつ帰るのか知らせてくれればいいのに。

「浮かない顔をしてるわね」もうじき五時というときにリジーが話しかけてきた。「どうしたの?」

「別に……。ハザードはもう一度電話するって言ってなかった?」スザンナは目をそらしたままきいた。胸の内を読まれそうで、リジーの顔を見られない。

だが、リジーは何も気づかないようだった。「言ってなかったわ。でも、用があれば電話してくるわよ。さあ、帰らない?」

「わたしはもうちょっと残るわ。この記事、どうも気に入らないの」それは口実にすぎない。本当はハザードから電話があるかもしれないからだ。

「まあ！　まだ仕事？」三十分後、クレアがドアを開けて顔をのぞかせた。「いいわね。すてきな編集長のそばにいられて。まだ口説かれない？」

「変なこと言わないで！」スザンナは思わず言った。

「そうか。口説いたり追いかけたりは彼らしくないわね。女性のほうから寄ってくるタイプですもの。それに、近ごろは女性が口説くケースが多いんですってね。昔は男性が女性を寵愛《ちようあい》したものだけど、最近は偉い女性が部下の男性をかわいがるんですって」

クレアの目的はわかっている。彼女の最大の楽しみは同僚いびりなのだ。

「わたし、そろそろ帰るわ」スザンナは机の上を片づけて立ち上がった。

「わたしも。ハザードがいなくてがっかり！　今夜の『ラ・ボエーム』の切符が二枚あるのよ。誘おうと思ってたのに」

「彼、オペラは好きじゃないわ」

いけない。うっかりよけいなことを言ってしまった。クレアは驚いたような顔をしている。「そう？　どうして知ってるの？」

「何かの話のついでにちらっとそう言ってたような気がするの」スザンナは精いっぱいしらばくれた。「じゃ、失礼。これから出かけるので」

ハザードを愛していることがクレアに知られたら大変だ。噂《うわさ》はたちまち社内に広がってしまう。

ハザードは自分の私生活についていっさい話したがらない。スザンナが彼との関係をみんなに言いふらしていると聞いたらどうなることか……。憂鬱《ゆううつ》な思いでスザンナは会社を出た。朝はハザードに会うのが不安だったが、今は彼に会えない寂しさがもっと重く心にのしかかっている。

ニューヨーク……ニューヨークで誰と何をしているのだろう？　嫉妬《しっと》と疑惑が頭をもたげる。こういう破壊的な感情は健全な人間関係をはばむ。早く抑えてしまわなくてはいけない。そうでないと恐ろしい蔦《つた》さながらに心にからみつき、愛を絞殺してしまうのだ。

今日も寒い。風が吹き、晩夏というより冬を思わせる。少し休みを取ったほうがいいのではないだろうか？　心身ともにとても疲れている。休暇を取って白い砂浜の広がる南海の孤島に……そう、ハザードと二人で行けたらどんなにすてきだろう。

しかし、現実はまったく違う。スザンナはロンドン、ハザードはニューヨークなのだ。

約束どおりリチャードは八時に迎えに来た。彼が連れていってくれたのは、こぢんまりした静かなイタリア料理店だった。

「きみはイタリア料理が好きだったね？」

家族経営のレストランは家庭的で感じがよく、料理はどこよりもおいしかった。それでいながら、何かもの足りなくてつまらない。リチャードの巧みな話術に乗せられて、いつしかスザンナは降格になったくやしさを打ち明けていた。

「ハザードがきみの能力を疑っているとは思えない。ただ、もう少しゆっくり力を伸ばしていくほうがいいと考えたんだろう。たまたま昨日彼に会ったんだが、きみに不信の念を抱いている様子はなかったよ。それ以外の点ではどうなんだい？　たとえば、個人的な関係は？」

「個人的な関係？」スザンナはぱっとリチャードの顔を見上げた。彼にはわかっているのだ。言い逃れはできない。「わたし……ハザードが好きです。愛しています。これが本当の愛なんだと思います。デヴィッドのときとは違うんです。変でしょう？　ハザードのことを何も知らないのに……」

「変じゃないさ。ぼくもそうだったんだ。カロラインは理想にはほど遠い女性だった。社長の娘で、強情で、生意気で……いやなところばかりだった。正直言って、やっつけてやりたかったよ。最初からこんな鼻持ちならない女はいないと思っていたが、会っているうちにますますそう思うようになった」

「それでどうして好きになったんです」エミリー伯母のしつけを無視して悪いが、どうしてもきいてみたかった。

「マックの差し金さ」リチャードは苦笑した。「マックはしきりとぼくたちを引き合わせた。そのうち相手のよさがわかってきたんだ」

「今は、とても愛していらっしゃるでしょう？」

「実を言えば、こんなに人を愛せるとは思ってもみなかった。カロラインを愛したために、ぼくはずいぶん変わったよ。それまでは、恋とか愛とかいうものに疑問を感じていたんだ。小さいころ親が離婚したので……そのショックだろう。ところで、ハザードの気持はわかっているのかい？」

「わたしと同じだって言ってます」

「だったら最高じゃないか。何が問題なんだ？」

「ハザードのことがわからないんです。何も言わないんですもの。昔の話をしようとすると、まるでヴェールをかけて隠すみたいに……」

「ぼくにそのヴェールを外してもらいたいのかい？　あいにくだが、それはできない。自分で聞き出すしかないよ」リチャードはやさしく言った。

「わかっています。わたしも、彼が事実上マックに育てられたという話は聞いているんですけど……」リチャードの表情が厳しくなるのを見て、スザンナは口ごもった。

「スザンナ、そういう話はハザードに直接ききなさい。それが一番いい」

「ええ、何度かきこうとしました。でも、彼がいやがっているのがわかるんです」

リチャードはじっとスザンナに目を注いだ。「きみは実に神経のこまやかな人だね。今の仕事にはその点がマイナスなんじゃないかな？　記者として成功するには、他人の感情を気にしていてはいけない。だが、きみにはそれができないだろう？　そこへいくとハザードは……」

いい言葉を探すためか、リチャードはいったん口をつぐんでまた話し始めた。

「ハザードは他人が何を感じようと平然としている。それだけじゃなくて、自分の感情に振り回されることもない」スザンナがショックを受けたような顔をしたので、リチャードはそっと首を振った。「これは事実なんだ、スザンナ。本気でハザードとつき合っていきたいなら、この事実を受け入れるしかないよ。第三者のぼくとしては、これ以上のことは言えない。きみは今ハザードを愛していると言った。むろん、いいかげんな気持で言ったのではないだろう。彼には強烈に人を引きつける力がある。しかし、本当に愛しているのかい？　きみが本当に愛しているなら何も言うことはない。彼にはきみのような人の愛情が必要だ。すべてはきみ次第だよ。ハザードの周りにある柵《さく》を取り除きたければ、きみがなんとかしなくちゃいけない。彼のほうからは何もしないだろう。ひどい精神的衝撃を受けた人間は、ときとして一生それから逃れられない場合がある」

「ハザードがそうだとおっしゃるの？　何かひどい精神的衝撃を……」

「この先はぼくの立ち入る問題じゃない。よく考えるんだ、スザンナ。柵を外すのは容易なことじゃないんだからね」

「やってみます。なんとかできると思うんです」こちらに固い決意さえあれば、きっとハザードも自ら柵を取り除いてくれる。

しかし、あとで思えばこの考えは甘かった。

話し込んでいて気づかなかったが、いつしかレストランはがらんとしていた。外に出ると寒くて、リチャードの車におさまるとほっとした。彼は以前の乗用車ではなく、ステーションワゴンに乗っている。

「田園ムードね」スザンナはひやかした。

リチャードはいくらかきまり悪そうに笑った。「ぼくは、ずっと記者生活を通そうとしてきた。だが、今じゃこのとおりさ。まだ一カ月にしかならないが、なんだかしばらくぶりでロンドンへ出てきたおのぼりさんって気がする。それに、この街は居心地が悪い。子供たちにはずいぶんつき合ったよ。以前の何年分にあたるだろう？ 今の生活にこれほど満足できるとは、ぼく自身思っていなかった。つまり、きみに言っておきたいのは、人間誰しも順応性があるってことさ。けっこう新しい環境にとけ込めるものなんだ。自分のことって、知っているつもりでも案外わかっていないんだよ」

「住めば都ですか？」

「住む気さえあればね」

リチャードはフラットの前で車を止め、兄のようにスザンナの頬にキスをした。

「いい話を聞かせてあげよう。マックは幹部社員が結婚するのに大賛成だ。家庭を持った男のほうが生活がきちんとしているし、安易に会社を辞めたりしないからだ」

「ありがとうございます」スザンナはぷんとして答えた。「ハザードとそこまでいけたらいいけど、マックがすすめるから結婚するなんていやです」

リチャードは笑い声をあげた。「ハザードもマックに動かされるのはごめんだって言うだろうよ。それじゃ、おやすみ。ぼくはカロラインに電話しなくちゃいけない」

スザンナは子供のようにリチャードに抱きついた。「本当にありがとう！」

父親代わりにするにはリチャードは若すぎる。だが、彼と会っているとほのぼのしたものが込み上げてくる。父が生きていたら、こうした気持で接していたのではないだろうか？

「スザンナ、道は決して平坦《へいたん》じゃないよ。きみが一方的につくしているように思えるときもあるだろう。実際そうかもしれない。感情的にゆがんだところのある人間を相手にしたら、それが当然だ。短気を起こさないようにな」

これだけヒントを与えられていながら、謎《なぞ》は依然として謎でしかない。いったい、ハザードの過去には何が隠されているのだろう？

スザンナはフラットの鍵《かぎ》をあけた。ハザードが一緒だったらどんなにいいか！　彼の腕に抱かれれば、疑惑はまたたく間に消え去るものを！

もう十二時を回っている。すぐ寝るほうがいい。ハザードはどこで何をしているのだろう？

こつこつと、誰かがドアを叩《たた》く。開けてみると、目の前にハザードが立っていた！　言葉につくせない喜びが全身を包む。駆け寄って抱きつきたい。だが、ニューヨークにいるはずの彼を目前にした驚きに、実際は口もきけず身動きもできなかった。

「妻子ある恋人とは別れました、だって？」ハザードは歯を食いしばり、中へ入ってばたんとドアを閉めた。その顔は憤りにゆがみ、赤みがさしている。しかし、落ち着いて見てみると、彼がげっそりやつれているのがわかった。「やっぱり忘れられなかったんだな。そんなに彼に抱かれたかったのか？　きみには良心というものがないと見える。ふつうの人間なら、少しは反省するはずだ。奥さんや子供なんてどうでもいいと思ってるのかい？」

「ハザード……」

「とぼけたってだめだ。車の中にいるのをちゃんとこの目で見たんだからな。この大嘘《うそ》つきが！　ぼくをだまして面白かっただろうね」

「ハザード、なんのこと？」ショックで頭がくらくらし、脚が震える。

「なんのことかはきみが一番よく知ってるだろう？　リチャードとの関係さ。カロラインから心配ごとがあるって言われたとき、ぼくにはだいたい想像がついた。きれいな若い女子社員と経験を積んだ上司との恋物語。よくある話だ。きみは彼の家族がどうなろうと知っちゃいないんだろう?」

「わたしと……わたしとリチャードが特別な間柄だと思ってるの?」スザンナは倒れそうになって椅子の背につかまった。

「思ってるんじゃない。知っているんだ。今さっききみたちが車の中にいるのを見たんだから、間違いはない。ぼくがいなくなるとたちまちこうだ! ぼくのことをひどい間抜けだと思っているんだろうね。くいあらためたふりをしたり、しおらしいところを見せたり……大したものだ」ハザードは鋭い目でじっとスザンナを見つめた。「ぼくの目的もわかってたんじゃないのか?」

「目的?」まるで悪夢の中へさまよい出したようだ。どうしてリチャードと深い仲だなどと思うのだろう? なんとか誤解をとかなくては。しかし、説明しかけると間髪を入れずハザードは食ってかかる。

「下手な芝居はやめてくれ! きみにはわかってたんだ。そうとも、ぼくはきみたちの仲を裂くつもりだった。だからきみに気があるふりをしたんだよ」

冷たいものがじんわりと骨までしみ込んでくる。スザンナは彫刻のように立ちつくしていた。胸が凍りついて息もできない。

眉をひそめているハザードは、まったく無関係な赤の他人に見える。

「純情な乙女みたいな顔をしたってだめだよ。なんの役にも立たないからね」

ハザードは何を言ったのだろう？　彼の言葉が聞き取れない。凍りついていた感覚が、やっと少しずつ機能し始める。「気があるふりをしたって、どういう意味ですか？」

自分の声も、誰かが遠くでしゃべっているように聞こえる。スザンナは苦痛に目を曇らせ、口もとをこわばらせて彼を見上げた。

「ふざけるんじゃない。狂言は終わったんだよ、スザンナ。どういう意味か、きみには充分わかってるはずだ」

「い、いいえ……わかりません」

ハザードは一瞬スザンナの言葉を信じかけたようだが、すぐにまた厳しい表情に戻った。彼の目は、ひややかに憎しみと軽蔑《けいべつ》を込めて見つめている。

「きみはまだリチャードと切れていない。マックが今の仕事をやってみないかとぼくに持ちかけたとき、カロラインはぜひ受けてほしいと言った。ぼくが受ければ彼女の家庭が安定すると言うんだ。カロラインは、ぼくにとって姉みたいなものなんだよ。これまで何一つ頼みごとなんかしなかった彼女があれほど真剣に頼むからには、よくよくのことがあったのに違いない」

スザンナは目を閉じ、筋道立てて考えようとした。しかし、感情が高ぶって何も考えられない。襲いかかる苦しみと闘うのが精いっぱいだ。

「カロラインが言ったんですか？　リチャードとわたしの間に何かあるって」

「はっきり言ったわけじゃない。言わなくたってわかっている。家庭の問題だと聞いたとき、ぼくは女性がからんでいるなどとぴんときたんだ。それがきみだということはすぐに察しがついた。仕事を引き継ぐ前にあの夫婦に会ったんだが、リチャードはしきりときみをほめそやしていたよ」

「それでは……パーティーで会ったときにはもう……わたしが誰だか知ってらしたの？」

「最初は知らなかった。だが、きみが妻子ある男とかかわっていたと認めたので、これはもしかしたら、と思い始めたんだ」

悪夢だ。これが悪夢でなくてなんだろう？　あなたの思い違いです。全部誤解です。そう言おうとしているのに、胸が苦しくてうまく話ができない。

「それで……初めからリチャードとわたしを引き離そうとしてあんなことを……？」

「そうさ。どんなことをしてでもきみたちの仲を裂いてやるつもりだった」

「この前の週末におっしゃったことも……みんな……みんなそのためのまやかしだったんですか？」

ハザードは目を伏せ、わずかに顔をそむけた。「きみはぼくに気がありそうなそぶりをした」彼の顔に面白くもなさそうな笑いが浮かぶ。「だから、チャンスだと思ってぼくもきみに惹《ひ》かれてるふりをしたんだ。うまくすれば、リチャードからきみを引き離すことができる。しかし、きみは思った以上のしたたか者だった。一つきくが……彼にこの間の話をしたのか？　ぼくたちがもう少しでただならぬ仲になるところだったって話を？」

こんなことが起こるとは信じられない。だが、現実に起こってしまったのだ。ショックで弁解もできない。だいいち、弁解してなんになるだろう？　ハザードは最初からわたしに、好意すら持っていなかったのだ。

「どうだ？　話したのか？」

話した？　何を？　スザンナはただ呆然《ぼうぜん》と彼を見上げた。

「まだ何も知らない小娘のふりをするのかい？　実際、この間はだまされかけたよ。本当にぼくがきみの最初の男になるかと思った」ハザードは不意にさめた口調でつめ寄った。

「彼と別れる条件はなんだ？　いくらほしい？」

なんてことを！　あまりにもひどすぎる！

「きみに言ってもだめか……。リチャードに言ったほうが話は早いかもしれないな。どう言えば彼は納得するだろう？　きみがほかの男と関係したと言ったら？　たとえば、ぼくと」

やめて！　やめて！　心の中で懸命に叫んでいるのに、声にはならない。魂が苦しみのない世界を求めてさまよい出し、体は抜け殻になってしまったのだ。ハザードに抱き上げられたのを感じる。今の言葉は単なるおどしではないらしい。彼は本当に関係を結ぶ気なのだ。スザンナは身動きもせず、うつろな目をしたままベッドに運ばれていった。

「きみの体にほかの男の焼き印が押してあったら、彼はどう思うかな?」

ハザードはスザンナのドレスのファスナーを下げ、続いてそれを引き下ろした。急に冷たい空気が肌に触れ、スザンナは身震いした。

「リチャードと別れるか?」

スザンナは目をつぶって顔をそむけた。もう、何を言ってもしようがない。二人の間に存在すると思っていた美しい感情は、完全に幻だったのだ。ハザードはその現実を突きつけようとしている。甘いはずの愛の行為は苦い戯れとなり、最高の冒涜《ぼうとく》となるだろう。いっそのことハザードを憎みたい。彼のしたいようにさせてしまおう。そうすれば彼に憎しみしか感じなくなる。

「いやならリチャードをあきらめることだ。別れると誓えばすぐにやめる」

誓うですって? あなたに何が誓えますか! なんとでも好きなようにすればいいわ。

スザンナは顔をそむけたまま彼の声を聞いていた。「ずいぶん冷たいね。この前はこうじゃなかったぞ。もう一度あのときみたいに燃えてみないか?」

ハザードの息が肌をなでる。しかし、彼は唇に触れようとはせず、肩に指先をすべらせながら絹のような肌にキスをした。

「いつかきっと、きみと彼の関係を断ち切ってやる。わかったね?」

断ち切られようとどうされようとかまわない。スザンナはただ体をこわばらせてじっとしていた。ハザードは再び冷静になり、スザンナの顔に手をかけて自分のほうを向かせた。彼の目は濃いまつげの陰で鋭い光をたたえている。ひどく怒っているらしいが、スザンナはもう自暴自棄になっていた。

「なんとか言ったらどうだ！」

ハザードの巧みな愛撫《あいぶ》がスザンナの体に火をつける。彼が投げつけてくる屈辱に耐え、スザンナは目を閉じた。胸におおいかぶさる彼の頭や、ウエストに広げた手を見たくない。

「明日からは、誰かに抱かれるたびに今夜を思い出すんだ」彼はぎらぎらと目を光らせ、我がもの顔にスザンナの体に手をすべらせた。

相手を愛しているか否かで事態は変わる。愛していれば当然強くなれない。愛ゆえにあらがえないスザンナを、ハザードは憎しみゆえに犯そうとしている。憎悪は愛と同じく強力な刺激剤なのだ。ハザードが燃えていくのを感じて、スザンナは息をのんだ。これほどわたしを軽蔑しているというのに！　体の奥から熱い感情がわき上がり、だんだんじっとしていられなくなる。全身で彼に応《こた》えたい。

「今日は何をされても知らん顔で通す気か？　だが、そのうちに燃やしてやる。ぼくの名前を叫ぶまでやめないぞ。今度彼に抱かれたら、ぼくを思い出さずにいられないようにしてやる！」

ハザードは本気で言っているのに違いない。リチャードとの仲を裂くためにはなんでもするつもりなのだ。思わず体を震わせると、ハザードは心得顔でにやりとした。

「ほらごらん。逆らえないだろう？　きみは特別感じやすいんだ」

ハザードの唇を受けてついにスザンナは耐えられなくなり、声をたてて彼を抱き寄せようと手を伸ばした。だが、ハザードはすでに起き上がっていた。彼はさげすみの目で見下ろし、それからゆっくりと服を拾い上げてスザンナにほうり投げた。

「リチャードと手を切るんだ。言うとおりにしないなら彼に全部話す。週末のことも、今のことも。いいか、微に入り細に入りだ！」

そんなにわたしが憎いの？　スザンナは心の中でたずねた。

「何も言うことはないのかい？」

言いたくても言えない。喉も口もまひしたように声が出ないのだ。

「今週中に彼と話をつけるんだ。きっとだぞ。おやすみ！」

スザンナは長い間服をかかえたまま座っていた。どれだけの時間が流れたのかわからない。時計の音は聞こえるが、耳もとを素通りしてしまう。寒いのに服をはおる力もなく、胸が痛んでも何か手だてをほどこす気力もない。昏睡《こんすい》状態に陥ったのと同じように、ただはてしない空白が広がっている。

やがて窓の外では街が活気を取り戻し、かたわらの目覚ましが鳴った。だが、スザンナは初めて見るように時計を見つめるだけだった。服を着て会社へ行くことなど考えつきもしない。頭の中は、大きな苦しみが襲いつつあるという恐れでいっぱいだった。

時間がたち、電話が鳴った。けれども動く気にさえならない。何かしなければいけないと思う気持が、頭をもたげてはまた消えていく。寒い。とにかくガウンだけははおっておこう。

昼近くに今度は入口のベルが鳴った。けれど、ぼんやりと目を向けたもののやはり動く気がしない。

しばらくして、入口のドアを開ける音がした。ハイヒールの靴音が近づいてくる。寝室のドアが開き、人影が動く。マミーだった。いらいらした表情を浮かべていた彼女は、ベッドの上のスザンナを見て急に心配顔になった。

「スザンナ」

その声に応えて、スザンナは焦点の定まらない目でマミーを見返した。

「いったいどうしたっていうの?」

不意にスザンナは現実に引き戻された。マミーにありのままを話すことはできない。なんとしても事実を隠さなくては! この苦しみは、人に話しても軽くはならないのだ。好奇心の餌食《えじき》になるだけつまらないではないか。

「スザンナ、具合が悪いの? わたし、一緒にお昼を食べようと思って会社へ行ったのよ。

そうしたら休んでるって言われたので、ここへ来てみたの」マミーは乱れたベッドとスザンナのこわばった体に目を注いだ。「さっきベルを鳴らしたとき、どうして出なかったの？　しようがないから、階下《した》へ行って合鍵を借りてきたわ。ねえ、どうしたのよ？」

「なんでもないの」スザンナはやっとの思いで笑顔を見せた。「本当に何も……」

「嘘をおっしゃい！　男の人が来てたんでしょう？　誰がこんなことをしたの？　さ、全部話して」

話すほうがいい。黙っていると、マミーはとんでもない想像をしてしまう。

「違うの。ひどいことをされたんじゃないのよ」

「それじゃ……」

「マミー、悪いけど、話したくないの。もうお昼には遅いかしら？　すぐ支度をするから外へ出ましょうよ」

食事をする気などまったくなかった。しかし、何かしなければマミーはしつこく問いつめるだろう。そのうち打ち明けざるを得なくなる。

「そうねえ……」マミーは珍しくためらった。

「どこがいい？」

「あなたが出かけられるのなら……」

「わたしは大丈夫よ。居間で待ってて」

意外にも、マミーは素直に居間へ移った。そのうえ、食事の間もあまり先ほどの話題にこだわらなかった。気にしているのは確かだが、ほかの話を持ち出せばそれですんでしまう。それでも、彼女と別れてフラットへ帰ったときは、スザンナはくたくただった。ロンドンにはいられない。どこか静かなところへ行こう。ひっそりと身を隠せるような、心の休まるところへ。

エミリー伯母の家は？　だめ。あそこへは帰れない。となると、どこへ行けばいいのだろう？

よく考えもしないままに、スザンナは衣類をたたみ、スーツケースにつめた。それを車にのせ、フラットの戸締まりをし、無意識に北へ向かう。古びた農家に着いたときは、夜もかなりふけていた。こんなことをしてよかったのだろうか？　急に現実に目覚め、心が絶望に沈んでいく。と、台所のドアが開き、エマの姪のルーシーが出てきた。

「まあ、どうなさったんですか？」彼女は、のろのろと車から降りるスザンナを見て声をあげた。

スザンナはルーシーのほうへ歩き出した。ところが突然地面が大きく傾き、立っていられなくなった。どこかで聞き覚えのある声が心配そうに何か言っている。それを最後に、意識はぷっつりととぎれた。

気がついたときは家の中にいた。二つの顔が不安そうに見下ろしている。

どうしよう？　とんでもない迷惑をかけてしまった！　スザンナはいつになくうろたえた。体が震え出し、涙も出ないほどの苦痛が胸をさいなむ。「わたし……」

「今ルーシーがお茶をいれるわ」エマがもの静かな声で言うと、ルーシーは合図を受けたかのように席を立った。「何も言わなくていいのよ」エマの穏やかな声が続く。「わたしもずいぶんつらい目にあったわ。だから、あなたの苦しい気持がわかるの。いつでもいいから、気が向いたときに話してちょうだい」

「すみません……ご迷惑をかけて。どうしてこんな厚かましいことをしたのか、自分でもわからないんです」

「ちっとも迷惑じゃないわ。大歓迎よ。さあ、火のそばへいらっしゃい。夜はひえ込むから」

翌日から、スザンナはぽつぽつとエマに、ことの次第を話し始めた。ただし、何もかも包み隠さずというわけにはいかない。とりわけ最後の屈辱的な一場については、生涯誰にも話せないだろう。ハザードの言ったことはあまりにもひどい。そこまで見下げられているとは知らなかった。あのとき受けた恥辱は心に焼きつき、もう決して消えることはあるまい。

社へは、さっそく辞表をタイプして送った。エマは助手がほしいと言う。調べものをしたり、ワープロを打ったりする人がどうしても必要なのだそうだ。とにかく、スザンナはいつの間にか説得されてエマの家に腰を落ち着けていた。

「あなたがいらしてくださるのなら、わたしは安心して家に帰れるわ」とルーシーもにこやかな顔で言った。スザンナ自身驚いたことに、気がついたときはすでに一週間が経過していた。ショックや苦しみは心身ともに人を変えるものだ。

時は水のようによどみなく流れていく。過去の記憶がよみがえり、眠ろうとしても眠れない夜は一秒が一時間にも匹敵するほど長い。かと思うと、ぼんやり空を見つめているうちに一時間があっという間に過ぎることもある。

いつの日か、ハザードを忘れるときがくるだろう。だが、今は思い出さずにはいられない。それが怖かったのだ。ハザードに対してびくびくしていたのも、本当の理由はそこにある。

9

日は重なって一週間となり、週は重なって一月となった。さらにまた一カ月近くが流れ、新しい生活パターンが定着し始めた。雑誌社のスタッフは誰もスザンナの居場所を知らない。辞表はエマの本を出した出版社から送ってもらい、エミリー伯母には仕事を変えたと手紙で知らせておいた。

エマとはうまくいっている。ハザードが訪ねてきたらどうすればいいかときくので、スザンナは首を振った。「その可能性はありません」

「あるんじゃない？　事実がわかったら……」

「わからないと思います」

「いいえ、きっとわかるわ。思い違いをしていたとわかったときは、とても気分の悪いものよ。あなただって経験があるんじゃない？　心の中で誰かを非難していて、あとで間違いだったと気がつくの。そういうときって、すごく後ろめたいでしょう？」

エマの話はもっともだが、やはりハザードが連絡してくるとは思えない。

「でも、万一訪ねてきたら？」エマは重ねて問いかけた。だが、スザンナのやせた体に震えが走るのを見て、胸の内を察したと見える。彼女はそれ以上きこうとはしなかった。

エマの新作はいい具合に進んでいる。あなたが手伝ってくれるおかげよ、と彼女はスザンナに言う。ばら戦争のころのヨークシャーを舞台にしているので、人物のつながりをいろいろ調べなくてはならない。エマのおともをして資料集めをしたので、スザンナはずいぶんヨークシャーについて詳しくなった。

ヨークは美しい町だが、落ち込んでいるせいかどうも一歩離れたところから見てしまう。いつも自分の周りには通り抜けられないガラスの壁が立ちふさがっている気がする。おそらくそれでいいのだろう。ガラスの壁は、傷ついた心を現実と苦しみから守ってくれる。表面的にはふつうに仕事をしているが、心の中はめちゃめちゃなのだ。エマはそれを読み取り、心配して見ているらしい。夜、眠りにつけば決まってハザードの夢を見る。みじめな、ときとして恐ろしい夢だ。彼が近寄ってくるので嬉々《きき》として飛びついていくのだが、そこで憎しみに満ちた彼の顔を見て冷水を浴びせられた思いになる。

十一月半ばのある日、新しいナンバープレートをつけた見慣れないステーションワゴンが家の前に止まった。交際範囲の広いエマのことだから、誰か知人が訪ねてきたのだろう。しかし、エマはちょうど今度の作品の中でも特に重要な部分に取りかかっている。すぐに出ていって、今は会えないと伝えなくてはいけない。

ノックがある前にドアを開けたスザンナは、びっくりしてその場に釘《くぎ》づけになった。リチャードがこちらに向かって歩いてくるのだ。

彼はスザンナを見るやぴたりと足を止めた。スザンナに負けず劣らず驚いた顔をしている。

「やっぱりここだったのか！」

「わたしを捜してたんですか？」

「捜したとも。思いつく限りのところを捜したよ。ここは真っ先に問い合わせたが、きみは来ていないという返事だった。今日はたまたまヨークに仕事があったものだから、ひょいと思いついて寄ってみたんだ。エマがきみから何か便りを受け取っているかもしれないと思ってね。スザンナ、ずいぶんやせたけど、大丈夫か？」リチャードはスザンナのおどした目を見て近づいてきた。「話がある。大事な話なんだ。中へ入ってもいいかい？」

断りたいがその気力がない。最近はすぐに根負けしてしまう。食べないから元気が出ないのよ、とエマは言うが、何も食べたくないのだから仕方がない。頭にあるのは逃げることばかり。逃げてすべてを忘れたい。

「お話ってなんですか？」スザンナはリチャードを台所に通してたずねた。

「わかっているだろう？」スザンナが黙って目をそらしてしまったので、リチャードは穏やかに続けた。「ハザードが全部話してくれたんだ」

たちまち心臓が激しく打ち始め、体がこわばる。立ち上がると、リチャードがすぐにそばへ来てそっと椅子に座らせた。

「逃げないで聞いてくれ」

「ハザードに頼まれて話しにいらしたんですか？」

「彼は今、アメリカだ。ぼくがここへ来たことは知らない。彼の話を聞いて、カロラインとぼくがどんなに驚いたか想像できるかい？　もちろん、ぼくはすぐにきっぱり言ったよ。きみとぼくとはなんでもないって。だが、最初のうち彼は信じなかった」

「そうでしょうね」

「怒らないで、今度のことは大目に見てやりなさい。ハザードの事情を聞けば……」

スザンナが引きつった笑い声をたてたので、リチャードは口をつぐんだ。

「わたしが許す側だとおっしゃるの？」身を守っていた盾が二つに割れ、リチャードの言葉が傷口に突き刺さる。スザンナは急にむらむらと腹が立った。よくそんなことが言えるわね、同情されてしかるべきなのはわたしのほうよ！

「スザンナ、よく聞いてくれ。きみがハザードを愛していると言ったのは、そう前の話じゃない」スザンナはいやな顔をしたが、リチャードはやめなかった。「あれだけはっきり言った以上は、ぼくの話を聞くべきだ。きみ自身のために。きみはこれから先ずっとこの苦々しい思いを背負って生きていくつもりかい？　ハザードと同じ間違いを犯してもいいのか?」

スザンナはどきっとしてリチャードを見つめた。

「この前、きみはハザードの過去を知りたいと言ったね。あのときは何も言わなかったが、きみのために話しておこう。ハザードの父親はオーストラリアの実業家で、なかなかの手腕家だった。マックの話では、虚栄心の強い男でもあったらしい。ハザードが八つのとき、彼は女子社員と深い仲になった。それでハザードの母親と別れたんだ。こういう話は世の中にいくらでもある。しかし、ハザードの母親は耐えられずに自殺をはかった。ハザードが学校から帰ったら、手首を切って倒れていたそうだ」

スザンナが思わず息をのむと、リチャードは深刻な顔をしてうなずいた。

「確かに、感受性の鋭い八つの子供に見せる場面じゃない。心機一転するために二人はアメリカへ移ったが、結論を言ってしまえば、母親の精神状態はだんだん悪くなっていった。もちろんふだんはなんともない。ただ、何かいやなことがあるとふさぎ込んで、また自殺しそうになる。マックはこれではいけないと思ったので、ハザードを預からせてくれと申し出た。しかし、子供のためによくないからと再三言っても、彼女はハザードを手放そうとしなかった。母親の身をいつも心配しているハザードは、当然友達ともつき合わなくなった。彼は自立心が強いしプライドが高い。だから、大学の学費も含めて、マックから経済的な援助をいっさい受けようとしなかった。

マックとハザードの父親は、共同で事業をしていた時期がある。だが、例の離婚問題が持ち上がったときに二人は別れ、マックはアメリカへ渡った。ハザードの父親ははぶりがよかったが、息子には何もしてやらなかった。せいぜい誕生祝いやクリスマス・プレゼントを送るくらいのものだった。むろん、ハザードの母親が新しい奥さんをけなさないはずはない。ぼくの言いたいことはわかるだろう、スザンナ？　ぼくたちの仲を誤解したのはハザードが悪いんだが、彼の子供のころを思えば無理もないんだ」

「ええ、わかります」スザンナは抑揚のない声で答えた。

今になれば、ハザードが早合点したのも納得できる。奥さんのいる人と聞けばリチャードと思っただろう。それに、カロラインが家庭の危機だと話せば夫の女性問題だと解釈するに違いない。

もちろん、スザンナはデヴィッドの名前を出さなかった。ハザードに誤解されるとは夢にも思わなかったので、ただ恥ずかしい過去を隠すのに一生懸命だったのだ。

「カロラインは申しわけないってさかんに気にしてるんだ」リチャードの話は続く。「ハザードに〈トモロウ〉の仕事を受けてくれって頼んだのが、誤解の原因になったんだからね。マックも責任を感じている。そもそもハザードを呼んだのはマックだ。きみはもう社の人間じゃないから言ってしまうが、マックはハザードにあとを継がせようと思っていたんだよ。しかし、ハザードは断った。トップに立つなら、自分の力で立ちたいって言うんっている。マックはひどくがっかりした。彼は、ハザードこそ社長の椅子にふさわしい男だと思だ。

リチャードはスザンナの顔を見てにっこりした。

「本当なんだ。ぼくもそうだが」

たな。とにかくカロラインが家庭の問題と言ったのは、住まいのことなんだ。彼女はあのとおり田舎で暮らすのが好きだ。だが、編集長をしている限りぼくはロンドンを離れられない。そこが問題だったんだよ。ハザードがぼくの女性問題だと誤解するなんて、カロラインは思ってもみなかった。気がついたときはもう後の祭りさ」

「どうして……ハザードが誤解しているとわかったんですか？」意に反してこれまでのいきさつが気になる。リチャードは得意そうに目をきらりとさせた。しまった。彼の話を黙って聞くべきだったのに。

「ハザードが今回ニューヨークへ行ったのは、療養所にいる母親が心臓発作を起こしたと電話があったからだ。カロラインは様子を聞こうと思ってハザードに電話をした。そのとき彼が変なことを言ったからか、酔っていたからかわからないが、カロラインはどうしても彼のところへ行ってみようと言い出したんだ」

「それ、いつの話ですか？」

リチャードは顔をしかめて少し考え、それからいつだったか答えた。それはハザードがわたしのフラットへやって来たあくる日だ。たちまち掘り起こしたくない記憶がどっとよみがえる。

「ぼくらが着いたとき、ハザードは凍えてソファに倒れ込んでいた。床にウイスキーのびんが転がっていたから、かなり飲んだんだろう。そのうち気がついて、多少しどろもどろだったが一部始終を話してくれた。初めは、ぼくたちが家庭のいざこざを隠しているのだと思っていたらしい。むろん、じきに納得したがね。スザンナ、彼はずいぶんきみを捜したんだよ。きみに謝りたいと……」

「もう、終わったんです。彼とは話もしたくないし、会いたくもありません」リチャードが何か言いそうになったので、スザンナはたたみかけた。「ハザードはわたしを好きなふりをしていたんです、あなたとわたしの仲を裂くために。その話、お聞きになりました？」

リチャードは目をそらした。「ああ、聞いたよ」

「それなら、わたしがなぜ彼に会いたくないか、わかってくださるでしょう？」

しばらく台所はしんとした。「会う気にはなれないかい？　どうしても？」

「ええ、今は。いえ、先々も。ハザードの事情を話してくださってありがとう。彼がなぜ誤解したのかわかりました。カロラインのことを心配したのも納得できます」

「わかるけど、許さない。そうなのかい？」

スザンナは立ち上がり、窓の外に目をはせた。許す……許すべきかしら？　にっこりして、〝はい、許します〟と言えばいいの？　いいえ、わたしにはできないわ。彼を思い出せば今も体じゅうがうずくのに、どうして許すことができて？　彼を愛しているわ。これほど人を愛したら、簡単には気持を断ち切れないものなのよ。

椅子のきしむ音がする。リチャードは立ち上がり、スザンナのそばへやって来た。

「ハザードは特殊な育ち方をした男だ。ゆがめられた人間と言ってもいい。今、彼は新しい目で人生を見直している。きみが潔白だと知って……」

「潔白とは言えません」スザンナは涙を浮かべてリチャードを振り返った。「わたしは実際、結婚している人とつき合っていたんです。ご存じじゃありませんか。なぜハザードにその話をなさらなかったんですか？　それがわかれば、彼も良心の呵責《かしゃく》を感じないですむでしょうに」

「スザンナ……」

「すみません。もう、これまでにしてください。わたし、疲れているんです」

「きみがここにいるって、彼に教えていいかい？」

「いいえ！　さっきも申し上げたでしょう？　二度と会いたくないんです」

リチャードは説得にかかりそうな気配を見せたが、結局あきらめたらしく首を振った。

「きみが本気でそう言うなら仕方がない。ただ、覚えておくんだよ、スザンナ。いいかげんにプライドを捨てないと、心の通うつき合いができなくなるぞ」

たぶんそのとおりよ。でも、侮辱されるよりはいいわ。屈辱に耐えるのはもうたくさん。スザンナは、リチャードの車を見送りながらつぶやいた。彼を失望させてしまったが、この際それもやむを得ない。

三十分後にエマが台所へ入ってみると、スザンナは椅子にうずくまっていた。声もなく、ただ涙だけが青ざめた頬を伝っている。

エマはこういうときがくるのを待っていた。感情を外に出してしまえば、スザンナの気持は楽になると思っていたのだ。しかし、今は心配のほうが大きい。なんだかひどく深刻な様子だ。ハザードを連れてきて、この姿を見せたい気がする。

夜になってスザンナはようやく落ち着きを取り戻し、エマにリチャードが来たことを話した。

「ハザードが会いに来たらどうする?」エマは穏やかにきいた。

「来るはずはありません。だって、もう話なんかないんですもの」

「彼は話したいんじゃない?」

ご明察だ。ハザードにすれば、このまま終わらせるのはさぞや気分が悪いだろう。話しに来て、実際デヴィッドという恋人がいたと知ったら、彼はどれだけほっとするかしれない。要するに、ハザードは間違っていなかったのだから。

その話を聞いたエマは、気の毒そうに瞳を曇らせた。「あなたはデヴィッドにだまされたのよ。誰もあなたをとがめやしないわ。要するに、悪い男の餌食《えじき》になったんじゃないの。ハザードにお会いなさい。そうしない限り、いつまでも過去を引きずっていかなくちゃならないのよ」

それでいい。過去を引きずっていきたいのだ。ハザードにあざむかれた苦しみを忘れずにいれば、二度と痛い目にあわずにすむだろう。

数日後、エマと書斎で仕事をしているときに電話がかかってきた。受話器を取ったエマはちらりとスザンナを見て答えた。「申しわけありませんが、今ちょっと忙しいんです。あとでこちらからお電話します」エマは番号をひかえて電話を切り、苦笑いした。「雑誌社からインタビューの申し込みよ。午後にでも返事をするわ。ところで、あなた午前中に村へ出かけるって言ってたわね？」

「はい。切手を買って、それから銀行にも行きます」

「ついでに一つ二つ頼みたいものがあるの」エマは買い物のリストを差し出した。「すぐに行ってきてくれない？　ちょっとゆきづまってるのよ」

しばらく前から取りかかっていた小説は書き上がり、エマは現在、続編の筋を組み立てている。おそらく、一人でゆっくり人物の構成をしたいのだろう。スザンナはリストを持って立ち上がった。

用事が片づくまでには一時間近くかかった。郵便局にも銀行にも長い列ができていたのだ。帰ったときエマは台所にいたが、どこか落ち着かない様子だった。

「明日、ロンドンへ行かなくちゃならないの。出版社から電話があって、この間の原稿のことで話があるんですって」

「あの原稿だったら、出版社も気に入るに決まってます」スザンナはエマを元気づけようとした。「読み出したらやめられませんもの」

「そう？　あの……あなた一人で大丈夫？　わたしは二、三日帰れないと思うんだけど」

「二、三日！　この家で一人きりになるのは初めてだ。何が心配なの？　スザンナは自分を叱《しか》りつけた。あなたは二十四歳でしょう？　十四じゃないのよ。

「大丈夫です。明日はヨークへ行って、例の調べものをすませてきます」

「いいの、いいの」エマはあわてて言った。「それより、家にいてちょうだい。長い時間家をあけておきたくないから。ヨークへは、そのうち一緒に行きましょう」

わたしに調べものを任せたくないんだわ。信用できないのかしら？　スザンナは傷ついたが、懸命にそれを隠した。このごろどうも感情的になりやすい。気をつけなくては。

エマはまだ暗いうちに家を出た。早いから起きなくていいと言われたとき、スザンナは〝どうせ起きていますから〟と答えそうになった。いつもなかなか眠れないうえに、寝たと思えばハザードの夢を見る。その結果、目が覚めたときは寝る前よりも疲れているのだ。

エマが出かけてしまうと家の中はがらんとした。

午前中はせっせと台所の掃除をし、そのあとでエマの原稿をタイプした。家事はエマと分担しているが、広くて居心地のいい台所で働くのはとても楽しい。

昼になると意外に空腹を感じたので、台所で新聞を読みながらオムレツを食べた。だが、コーヒーを飲んでいる間に目が上すべりを始め、記事が頭に入らなくなった。台所にいるハザードの姿が目の前にちらちらしてならない。

わたしが現実に背を向けロンドンを逃げ出してここへ来たのは、ここに幸せな思い出が残っているからだろうか？

考えたくもないのに、このところリチャードの言ったことばかり考えている。ハザードの子供時代の話にはショックを受けた。しかし、彼に同情などしたくはない。カロラインを不幸にしたくない気持はわかるが、その方法が許せないからだ。

スザンナは立ち上がり、やせこけた体に腕を巻きつけた。寒い。外を見れば、地平線の上には灰色の雲が低くたれ込めている。先週、エマは初めてクリスマスの話をした。いつもは姪《めい》の家で過ごすらしい。

わたしは、今年のクリスマスはどうしよう？　ふつうならエミリー伯母のところへ帰るのだが、まだどうするか決めていない。思えば、人と違う幼年期を送ったのはハザードと同じだ。ただ、エミリー伯母は自らの信条に従って厳しくスザンナを育てた。それに対し、ハザードの母親は精神に異常をきたしていた。そういう親と暮らすのはさぞやつらかっただろう。でも、そんなことは考えたくない。彼の存在を心から締め出し、忘れてしまいたいのだ。

とはいえ、それはできない。

書斎にいるとき、車の音が聞こえた。すぐに玄関へ下りていったのだが、訪問者はどうやら裏へ回ったらしい。そこで裏へ行ってみると、相手はすでに台所へ入ってきていた。

まさか！　スザンナは呆然《ぼうぜん》として立ち止まった。ハザードがこっちへ向かってくる。

「スザンナ」

聞き慣れた声、苦しそうな言い方。スザンナははっと我に返り、テーブルのほうへ後ずさりした。ふらふらして座り込んでしまいそうだ。テーブルの縁につかまり、おぼつかない体をやっと支える。

「スザンナ、話があるんだ」

「話はリチャードから聞きました。もう何もうかがう必要はありません」

改めてハザードを見たスザンナは、彼の悲痛な表情に目を丸くした。表情だけではない。ずいぶん顔色も悪く、やつれている。つれないことを言わないでくれと頼み込むように、彼は手を差しのべた。

「ダーリン、お願いだ。ちょっとでいいから話を聞いてくれ」

ハザードの声が心の奥までしみ渡る。スザンナはいつしか彼と真っすぐに向かい合い、絶望感に満ちた彼の目を見つめていた。本当は彼を見る気などなかった。見てはいけないのだ。見れば必ず弱気になる。

ハザードは今、かすれた声で確かに〝ダーリン〟と言った。〝ダーリン〟という言葉は、好きな人を呼ぶときに使うものだ。スザンナはかっとして頬を赤らめた。

「頼む、スザンナ、許してくれ。ぼくが悪かった。全部ぼくの思い違いだったんだ。今さら何を言っても遅いかもしれないが、とにかくぼくは気が狂いそうだった。なんとかして……」

こんなハザードは見たくない。自分を卑下し、苦痛に青ざめた顔をして謝っているなんて、おおよそ彼のイメージからほど遠いではないか。もう、何も言わないでほしい。わびられるとかえって胸が痛む。スザンナはくるりと背を向け、かぼそい声で言った。「いいんです。わたしは恨みも怒りもしません。ですから、安心してお帰りください」

何かが胸につかえて息もできない。全身が激しく脈を打っているような気がする。ハザードが後ろから手をかけてきたらどうしよう？　しかし、彼は何もしなかった。二人の間にはただ重苦しい静寂が立ち込めている。

しばらくして、ようやくハザードが口を開いた。「本気で帰れって言うんだね？」無感動な、よそよそしい声だった。

その声は、ただでさえぴりぴりしている神経にぐさりと突き刺さった。スザンナは憤りに目を光らせ、彼のほうに向き直った。

「いいえ、ここにいてください！　それでもう一度わたしを侮辱なさったら？　ええ、もちろん本気ですとも！　わたしは本気で言ったんです。早く帰ってください。そもそも、最初からいらっしゃらなければよかったんです。いずれにせよ、謝る必要はありませんわ。わたしは本当に、結婚している人と……」

「わかってる……わかってるよ」

わかってる？　言うまでもなく、話したのはリチャードだろう。

ハザードの足音が響く。近寄ってくるのではなく、遠のいていく足音……。言われたとおり、彼は帰ろうとしているのだ。

台所のドアが開き、さっと冷たい風が吹き込んだ。体の中から叫び声がわき上がってくる。だめ、彼を呼び止めてはいけない。

ドアが閉まり、車のエンジンがかかる。

ハザードが去っていくところは見たくない。スザンナは居間へ駆け込んだ。リチャードの言葉を思い出す。わたしは、またしてもプライドにしがみついてしまった。大きなものを失うというのに。

〝ダーリン〟とハザードは呼んだ。だが、実際は無意味な呼びかけでしかない。彼自身が愛したことはないと言っているのに、どうしてそれ以上のものを期待できよう？　彼の心にあるのは、憎しみと軽蔑《けいべつ》だけなのだ。スザンナはソファのクッションに顔を埋《うず》め、みじめな思いに沈んでいった。

意地を張っても始まらない。素直に事実を認めよう。ハザードを愛している。これから先も、ずっと彼を愛し続けていくだろう。たとえどんなにひどい仕打ちをされようとも。

10

部屋にいるのが自分一人ではないとわかったのは、不意に誰かの手が体に触れたときだった。

振り返ると、ハザードが苦悩の色を浮かべて床にひざまずいている。

「ダーリン、きみがこんなふうにしているのを黙って見てはいられない」ハザードはスザンナの顔を両手で包み、頬にそっとキスをした。

彼を押しのけたいが、その気力もない。スザンナはただ弱々しくつぶやいた。「やめて……やめてください。同情されるのはいやです」

「きみと話がしたいんだ」

「話すことなんてありません」なんとかしてこの場から逃れたい。こんなところを彼に見られたくなかった。「もう、おっしゃることはないはずです」

驚いたことに、ハザードは頭を下げ、つらそうな声で言った。「そんなことを言わないでくれ。ぼくがどれほどくやんでいるか、きみにはわからない……」

「わかっています。リチャードから聞きました。わからないのは、ここへいらした理由です。謝るためなら、これ以上謝罪なさる必要はありません。リチャードから事情を聞いて、全部納得できました」

「違う……違うんだ、スザンナ。ぼくを見てくれ」ハザードはスザンナの顔を押さえ、悲嘆にくれた暗い目をのぞき込んだ。「きみを愛してる」

彼の言葉は確かに耳に入った。しかし、スザンナは何も答えられなかった。

「そのことを言いたかったんだ」

「嘘《うそ》……。わたしのことなんか、なんとも思ってないんでしょう？　そうおっしゃったじゃありませんか」

「あれは嘘だったんだ」

スザンナはまじまじと彼の顔を見つめた。きっとこれは悪い冗談だ。どこかにそれらしいしるしが表れているに違いない。だが、彼は真剣そのものだった。信じられない。まさか……。

「あなたがわたしを愛してくださるはずがありません。わたしは奥さんのいる人と……」

ハザードは震える指をスザンナの唇に当て、言葉をさえぎった。「その話はいいんだ」

「でも、本当なんです。デヴィッドという……」

「知っている。彼の話は知ってるよ。きみの伯母さんから聞いたんだ。会いに行ったのは……」

事実がわかったあと？　ところが、話の続きは意外だった。

「きみの辞表が届いた日だ。ぼくは伯母さんと長い時間話をし、自分がきみにどれほどひどいことをしたか打ち明けた。そうしたら、伯母さんはデヴィッドとのいきさつを聞かせてくれたんだ」

「エミリー伯母が？　伯母は何も知りません」

ハザードがにやりとして口もとをゆがめた。

「きみがそう思っているだけさ。伯母さんはなんでも知ってるよ。きみがデヴィッドとつき合っているという噂《うわさ》を耳にして、ずいぶん心配したそうだ。そのうち、きみが家を出ると言い出した。伯母さんには何があったか想像がついたらしい。きみの決意は立派だったと言っていたよ」ハザードは目をそらした。「ぼくはデヴィッドに会いに行った。きみが見つからないので、もしかしたら……」

「デヴィッドと一緒にいると思ったんですか？」

「わらをもつかみたい気持だったんだよ。なんとしてでもきみを捜し出したかった。行ってみると、彼はいなくて奥さんが出てきた。それで、彼女が全部話してくれたんだ。きみはデヴィッドとは別に深い仲じゃなかったし、彼が結婚しているとは知らずにつき合い始めたんだって。そうだろ？」

ルイーズにその話をしたことは覚えている。しかし、それが彼女の口からハザードに伝わるとは想像もしなかった。

「たとえきみとデヴィッドが夫婦同然だったとしても、ぼくの気持は変わらない。変えられないんだ。ここしばらく、ぼくはいやになるほど考えた。それで、よくわかったんだ。愛は、簡単に捨てきれるものじゃない」

「あなたがわたしを愛しているはずはありません」

ハザードの手がやさしく肌をすべる。スザンナは抑えようもなく震えた。

「ぼくに愛されるなんていやかい？　気持はわかるよ、スザンナ。だが、信じてくれ。ぼくはきみに愛情を押しつけようと思って訪ねてきたんじゃない」

「それじゃ、なぜいらしたの？」

「来ずにいられなかったんだ。ものも食べられないし、眠れない。仕事も手につかなくて……」

「ニューヨークにいらしたんじゃなかったんですか？　リチャードからそう聞きましたけど」何を言ったらいいかわからず、スザンナはつじつまの合わないことをたずねた。

「そうだよ。母がまた心臓発作を起こしたんだ」

ハザードの顔を暗い陰がよぎり、スザンナは無意識に彼の頬に手をかけた。と、わずかに伸びたひげが指先を刺し、電波に似たものが体を駆けぬけた。

「今度は危篤状態だった。だが、母には死が何よりの救いなんだ。父に捨てられてからの人生には苦しみしかなかったんだよ。ぼくは子供のころから母のようになるのが怖かった。だから、愛にすべてをかけたりするまいと固く心に誓ったんだ」

今、二人の間の柵《さく》は破られ、心が通い合おうとしている。それなのに、スザンナはただ呆然《ぼうぜん》としていた。何もかも現実とは思えない。

「いつまでもいては悪いから帰ろう」ハザードは手を放して立ち上がった。「きみに無理は言わないってエマに約束したんだ」

「エマは知っているんですか？」

「アメリカから帰って電話したら、彼女のほうからかけ直すって言われた。あのとき……」

そうか！　村に行く前にかかってきた電話はハザードからだったのだ。

「ぼくはどうしてもきみに会いたいと言った。エマは、それなら二人だけで会うほうがいいだろうと……」

「まあ、そんなことを？」

「怒っちゃいけない。彼女は、きみがぼくに会うのをいやがっているとはっきり言っていた」

とはいえ、エマはいっさいおくびにも出さずに出かけてしまった。

ハザードはドアに向かっている。これが最後の別れになるのだ。もう一生会えないだろう。彼がノブに手をかけたとき、スザンナは絞り出すような声で呼び止めた。「ハザード！　あの晩、わたしのフラットで……わたしに惹《ひ》かれているふりをしただけだと言ったのは……」

ハザードはゆっくりと振り返った。

「あのときは、ニューヨークから帰った直後だった。飛行機の中では、母が自殺をはかったときのことばかり思い出していた。空港に着くときみに会うことしか考えられなくて、真っすぐにフラットへ行ったんだ。きみに会って、自分の過去も、自分自身も忘れたかった。きみがリチャードと車の中にいるのを見たときは、本当にショックだったよ。悪夢が一度に現実になった思いがした。あの晩言ったことは嘘なんだ。ぼくはかっとしたあまり、ぼく自身まで傷つくようなことを言ってしまった。きみと別れて帰ってから、なんてばかなことを言ったのかと、どれだけくやんだかしれない。捨て鉢な口をきいたのは間違いだった。きみの心がリチャードを離れてぼくに傾くように、努力するべきだったんだ。それで、あくる日さっそくきみのフラットへ行ってみた。だが、きみはいなかったし、会社へも出てこなかった。これはきっとリチャードと一緒にいるんだ。ぼくはそう思って家へ帰り、ウイスキーをおおかた一本あけてしまった」ハザードは顔をしかめた。「時差ぼけだったところへ飲んだんだからたまらない。ぼくはたちまち前後不覚に陥った。そこへカロラインが来たんだ」

「それで事実がわかって……わたしを捜し始めたんですね」スザンナはぼんやりと言った。

「そうだ。だが、いずれにしてもきみを捜し出したかった。ぼくの気持は、きみに妻子ある恋人がいようといまいと変わらない。それを証明する方法がないのは残念だ。今さらぼくを信用してくれとも言えない。きみはぼくを信用してくれたのに、ぼくはきみの誠意を踏みにじったんだからね。ぼくは生涯その悔いを背負って生きなくてはいけないと思っているよ」

ハザードはドアを開けた。胸を締めつけられる思いがする。このまま彼と別れ、一人プライドのとりでの中で生きるべきか、あるいは危険を覚悟のうえでもう一度彼を信じるべきか？

スザンナが決断できないうちにハザードは裏口まで行ってしまった。

「ハザード」

ハザードはぴたりと足を止め、思いつめたような目でじっとスザンナを見つめた。こんな彼を見ていると、涙が出そうになる。

「行かないで」

その一言が意味するものは大きかった。ハザードは戻ってきて震えながらスザンナを抱き寄せた。

「これが夢ならいつまでも覚めずにいてほしい」彼の手が温かくスザンナの小さな背を包む。「ぼくはこんなことをする資格はない。だけど、気持はわかってほしいんだ。今は愛してくれとは言わないが、いつか……」

スザンナは首を振った。「愛してなかったらこんなことはしてません。愛してないと思いたいけど、結局はだめなんです」

「うれしいよ。そんなことを言ったら怒られるかな？」ハザードは唇を近づけてきたが、スザンナは顔をそむけて彼の腕の中から逃げ出した。

「長い時間運転してきておなかがすいたでしょう？　何か作ります」

いったいどうなってしまったのだろう？　自分でも理解できない。ハザードにキスされそうになってびくびくするなんて、おかしいではないか。こんなに愛しているのに、なぜ彼がそばに来ると怖く感じるのだろう？　もう、彼を信じられなくなってしまったのだろうか？

ハザードは黙って手を下ろし、静かに何か食べたいと答えた。二人は一緒に食事の支度をし、そして一緒に片づけた。

夕方、エマから電話があった。だましてごめんなさいとしきりに謝っている。ハザードも電話口に出て彼女と話をした。しかし、電話を切ってしまうと張りつめた静寂が居間を支配した。

気温はちっとも低くないのに、なんだか寒気がする。さっきはねつけてから、ハザードはスザンナに手を触れようとしない。ただありのままに子供時代の話をし、スザンナからも昔の話を引き出そうとする。彼につられて話しているうちに、スザンナにはこれまでと違う伯母の姿が見えてきた。引き取った子供に一生懸命愛情を示そうとしながら、どうやったらいいかわからない哀れな年寄りの姿である。エミリー伯母はわたしを愛してくれていたのだわ！　あの厳しさは、伯母なりの愛情表現だったのよ。

「結婚してくれないか？」ハザードが唐突に言い出した。「ぼくたちは同じ人生を生きている者同士なんだよ、スザンナ」

それは否定できないし、否定したくもない。

甘い震えがゆっくりとわき上がってくる。スザンナは急いでそれを抑え、暖炉の火に向かって体をかがめた。すると髪の毛がぱらりと顔にかかり、ハザードが耳の後ろにとかしつけた。たちまち体が凍りつく。

「どういうわけだ、スザンナ？　なぜぼくが触れると逃げるんだ？」

「逃げるんじゃありません」スザンナは青白い頬をぽっと染め、彼を振り返った。「わたしにもわからないんです。あなたを愛しているのに、それがわかっているのに、やっぱり怖くて……」

「ぼくが？」

スザンナは首を振った。「あなたを失ったときに……あなたから愛していないと言われたときに、自分がどうなるか考えると怖いんです」

ハザードの張りつめた顔を暖炉の火が照らし出す。彫りの深い、すっきりした目鼻だち……。彼もずいぶんやせた。思わず手を触れたくなってしまうが、何かがその誘惑を押しとどめる。

「ぼくはひどくきみを傷つけた。なんと言って謝ったらいい？　どうすればいいんだ？」

「わかりません」

ハザードは慰めるように手を伸ばしかけたが、途中でその手を下ろした。

「今きいてもだめだろうな。わかるよ。ぼくを信用できないのも無理はない。きみ……ぼくがここにいないほうがいいかい？　だったら、今夜はホテルにでも泊まるよ」

スザンナは彼にすまないと思った。確かに強引に出られるのはいやだった。言い寄られたいと思う気持もあるが、まだ心の準備ができていないのだ。

ただし、いずれにしても彼を帰したいとは思わない。

「ここにいてください。この前の部屋にベッドを用意します」

「ありがとう。きみさえよければ泊めてもらう」

二人が寝室へ引き取ったのはかなり遅くなってからだった。話をしているとまたたく間に時間が過ぎてしまう。おおかたは和やかなムードのうちに過ぎたが、ハザードがうっかり近寄ると変な緊張感が流れる。すると彼はさっと身を引くのだった。

まぶたが重くなってからもなお三十分くらい、スザンナは眠気と闘っていた。

「疲れただろう？　もう寝たほうがいい」ハザードはぶっきらぼうに言った。「押しかけたりはしないから、安心していいよ。ぼくがほしいのはきみのすべてだ。体だけ自分のものにしてもしようがない」

ハザードの苦しい思いが伝わってくる。そんなことを恐れているのではありませんと言ってあげたい。怖いのは自分自身であり、自分の感情なのだ。今にも彼の前にすべてを投げ出してしまいそうな気がする。

眠かったのに、ベッドに入ってみるとなかなか寝つけない。家の中は静まり返り、ときおりベッドのきしむ音がする。ハザードも眠れずに寝返りを打っているのだろう。不安に勝ちたい。それさえできれば、彼にすべてをゆだねるのはいたって簡単だ。ただ、彼を信じきっていいものかどうか……。

恐れを感じるのは、おそらく経験がないせいだろう。この前ハザードに抱かれそうになったときは、自分がこれほど燃えられるのかとびっくりした。そしてそのすぐあとで、彼には愛情のかけらもないと知らされたのだ。あれ以来、誰かに熱くなるのがとても怖い。こうした恐れを克服する方法はただ一つ……考えるだけで体が震えてくる。

ハザードの部屋には明かりがついていなかった。しかし、彼の目は中に入ってきたスザンナの姿をはっきりととらえた。

「スザンナ」起き上がったハザードの体はこわばり、声もいつもと違う。「そんな目で見ないでくれ！」

一瞬スザンナは傷ついたが、すぐに彼の言う意味に気がついた。わたしは彼を刺激してしまったのだ。とたんに胸の鼓動が速くなり、全身を熱いものが狂ったように駆けめぐる。ハザードはベッドから下りた。何もまとわない見事な体。目は独りでにその体に吸い寄せられる。

「スザンナ、どこか悪いのかい？」

スザンナはただぼうっとして立ちつくした。暑いのに寒気を感じ、崩れてしまいそうでいて気持が引き締まり、怖いのに大胆になれそうな気がする。

「あなたのものになりたいの」

ハザードもその場にじっとたたずみ、月明かりがほのかに照らし出すスザンナの顔に目を注いだ。

「スザンナ、よく考えてくれ。きみを傷つけるようなことはしたくない。いったんきみをこの腕に抱いたら……きみに触れたら……」彼の声は緊張し、体は熱でもあるかのように震えている。「ぼくはただの男だ。ふつうの人間だ。とてもそのままではすまなくなる。

いいのかい?」

ハザードは返事を待っている。不安なら自分の部屋へ戻ってもいいのだ。しかし、その瞬間スザンナの体には愛が満ちあふれた。いくらか懸念は残っているものの、もう少しも怖くない。彼に向かって一歩足を踏み出す。それからまた一歩。ハザードが腕を広げる。最後は駆け寄って彼の腕の中に飛び込んだ。同時に彼の腕がしっかりとスザンナの体を包み込む。

ハザードの体から震えが伝わってくる。彼も大きな感動にのまれているのだ。

そっとハザードの唇が触れる。だがスザンナがキスを返すや、彼は激しく燃えて唇を重ねた。やがて彼は顔を上げ、スザンナの唇の輪郭に沿って指をすべらせた。

「きみと一緒にいるとすぐ夢中になってしまう。どうしてこうなんだろう?」

ハザードの体が熱い。うれしい思いがスザンナの全身にみなぎる。

「怖がらないでくれ、スザンナ。きみを傷つけたのは確かに悪かった。だけど、あれはやきもちからしたことなんだ。それに、ぼくはやけを起こしていた。きみをあんなに悪く思っていたなんて、実際ぼくはひどい男だ。自分自身が許せない」

スザンナは彼の唇に指を当てた。「いいんです。もうすんだことですもの。間違っていたのはお互いさまでしょう? でも、まだお話ししなくてはいけないことがあるんです」

ハザードの体がさっと緊張したのがわかる。はねつけられたらどうしよう? 男性経験がないと打ち明けて、彼に背を向けられてしまったら……？　いっそ何も言わずにおこうか？　けれど、本当のことを言わない限り気持が楽にならない。だいいち、黙っていてもいずれはわかってしまう。事実を隠したまま彼にすべてを任せるわけにはいかないのだ。

「どんなことだい？」

ハザードの声は冷たくて厳しい。

「わたし……デヴィッドとは何もなかったんです。いえ、あのう……彼とだけじゃなくて、男性とは一度も経験がないんです」

ハザードは何も言わない。きっと、なんてばかな女だろうとあきれているのだ。怖くて顔も上げられない。胸が締めつけられ、今にも息がつまりそうな気がする。

「すみません」顔を見られたくなくて、スザンナはますます下を向いた。

「すみません？　何を言うんだ、スザンナ！　すまないと言うべきなのはぼくのほうじゃないか。そんなきみに、ぼくはなんてひどい口をきいたんだ！　つぐないはきっとする。約束するよ。なるほど、きみがぼくから逃げようとするはずだ。やっとわかった。もう心配しなくていい。ぼくはただねたましさから、かっとして……」

「あなたが怖いんじゃないんです」スザンナはあわてて口をはさんだ。自己嫌悪に陥っているハザードを黙って見てはいられない。「怖いのはわたし自身です」

ハザードは暗く沈んだ顔をしている。スザンナは真っすぐに彼を見つめ、大きく息を吸い込んだ。

「あなたが好きで……あなたに抱かれたくて……自分でもどうしようもなかったんです。だから怖かった……」

その先は言えなかった。ハザードの唇が荒々しいくらいに口をふさいだからだ。だが、彼はすぐにはやる心を抑えてやさしく唇をすべらせた。

「きみをぼくのものにしたい。だけど、もうしばらくはただじっときみを抱いていよう」

ハザードはスザンナを抱き上げ、ベッドへ運んだ。「そうしないと、とても現実とは思えないんだ」

じっと抱かれているだけではいやだった。スザンナは、内からわき上がってくる激しい感情に驚いた。ハザードの手を、体のぬくもりを、力強い肉体を、肌で感じ取りたい。

ハザードがかたわらに身を横たえたとき、スザンナはおぼつかない手つきでガウンを脱ぎ、彼に体をすり寄せた。彼の手が肩や背をまさぐり、ほのかに伝わる体の温かみが肌を焦がす。部屋はしんと静まり、彼の荒い息づかいだけが静寂を破る。

ハザードにすべてをささげたい！　抑えきれない情熱にのまれ、スザンナは弓なりに体をそらした。彼の汗ばんだ熱い肌がぴったりと触れる。もう、恐れも不安もいっさい感じない。

「スザンナ」ハザードがささやいて頭をのけぞらせた。ぴんと張った喉の線が熱い気持を語りかける。スザンナがその喉に唇を押し当てると、彼は体を震わせ、かすれた声で言った。「スザンナ、きみがほしい。ぼくを信じてくれ」

不思議にも、今は彼が信じられる。怖いとも思わず、ただ彼に抱かれているのがうれしい。

ハザードと一つになったとき、スザンナは思わず喜びの声をあげた。力に満ちた熱い彼の体がうれしい。だが、ハザードは緊張した目つきでスザンナの顔を見下ろし、身を引きそうになった。いや！　やめないで！　スザンナは彼にしがみつき、夢中で体を動かした。ハザードの体から、彼の気持の高まりが伝わってくる。やっと彼のものになれたのだ。情熱の波があとからあとから押し寄せ、恍惚《こうこつ》の世界が目の前に開けていく。

二人は喜びの瞬間を分かち合った。激しく鳴る胸、乱れた息づかい。「スザンナ……」ハザードの声が長く尾を引き、続いて彼の体がぐったりとスザンナの上に崩れかかった。

スザンナはやさしくハザードの体に腕を回した。彼と一緒になるのがこんなにすばらしいことだとは知らなかった。怖がっていたのが嘘みたいに思える。

しばらくしてようやく呼吸を整えたハザードは、スザンナを抱き寄せてハスキーな声でささやいた。

「今夜はぼくにとっても最初の夜なんだよ。今までこんな気持になったことはない。セックスは食欲みたいなものだった。出されたものを食べればそれで満足してしまった。むろん、その場限りの遊びだったわけじゃない。だが、今きみに感じたものを、ほかの人に感じたことはなかった」

「それは大事なこと？」スザンナはハザードの激しい愛し方を思い出し、震える声でそっとたずねた。

「すごく大事なことさ」彼の唇が、スザンナのかすかに開いた唇に触れる。「すぐに結婚しなくちゃいけないな。異議があるなら今のうちに言ってくれ」

「異議はございません」幸せな現実を前にした今、かつての疑惑や不安は幻覚としか思えない。「でも、どうしてすぐに結婚しなくちゃいけないの？」

ハザードはちらりと顔をしかめた。「ぼくはあとのことも考えずにきみを抱いてしまった。それに、ここへ来るときはきみとこうなるとは夢にも思っていなかった」彼の手がスザンナのおなかを押さえる。「ひょっとしたら子供ができているかもしれない」

「できたら困るんですか？」

「いや、きみさえいやでなければ困らないよ」

スザンナはうっとりと彼を見てほほ笑んだ。「エマは名付け親になってくれるかしら？」

「きいてみよう。だが、今すぐじゃない。今は……もっとほかにしたいことがある」

ハザードは体をかがめ、再びスザンナにキスをした。

●本書は、1989年8月に小社より刊行された作品を文庫化したものです。

特別扱い
2025年3月15日発行　第1刷

著　　者／ペニー・ジョーダン
訳　　者／小林町子（こばやし　まちこ）
発 行 人／鈴木幸辰
発 行 所／株式会社ハーパーコリンズ・ジャパン
東京都千代田区大手町1-5-1
電話／04-2951-2000（注文）
0570-008091（読者サービス係）
印刷・製本／中央精版印刷株式会社
表 紙 写 真／© Boyko Viacheslav | Dreamstime.com

ISBN978-4-596-72604-9

2月28日発売

ハーレクイン・シリーズ 3月5日刊

ハーレクイン・ロマンス

愛の激しさを知る

二人の富豪と結婚した無垢 〈独身富豪の独占愛 I〉	ケイトリン・クルーズ／児玉みずうみ 訳
大富豪は華麗なる花嫁泥棒 《純潔のシンデレラ》	ロレイン・ホール／雪美月志音 訳
ボスの愛人候補 《伝説の名作選》	ミランダ・リー／加納三由季 訳
何も知らない愛人 《伝説の名作選》	キャシー・ウィリアムズ／仁嶋いずる 訳

ハーレクイン・イマージュ

ピュアな思いに満たされる

捨てられた娘の愛の望み	エイミー・ラッタン／堺谷ますみ 訳
ハートブレイカー 《至福の名作選》	シャーロット・ラム／長沢由美 訳

ハーレクイン・マスターピース

世界に愛された作家たち
～永久不滅の銘作コレクション～

紳士で悪魔な大富豪 《キャロル・モーティマー・コレクション》	キャロル・モーティマー／三木たか子 訳

ハーレクイン・ヒストリカル・スペシャル

華やかなりし時代へ誘う

子爵と出自を知らぬ花嫁	キャサリン・ティンリー／さとう史緒 訳
伯爵との一夜	ルイーズ・アレン／古沢絵里 訳

ハーレクイン・プレゼンツ作家シリーズ別冊

魅惑のテーマが光る極上セレクション

鏡の家 《ハーレクイン・ロマンス・タイムマシン》	イヴォンヌ・ウィタル／宮崎　彩 訳